네버엔딩 라이프

네버 엔딩 라이프

정하린 장편소설

한끼

목차

프롤로그	죽지 않는 여자	9
	N생을 사는 여자	15
	죽음을 걷는 저승사자	67
	삶의 끝에 선 사람들	115
	죽지 않는 사람들	185
	삶의 끝	261
에필로그 1	끝나지 않은 이야기	285
에필로그 2	업보	290
에필로그 3	친애하는 당신께	294

나는 죽어도 죽지 않는다.
언제부터인가 그랬다.
신은 내 죽음조차도 뜻대로 되게 내버려두지 않았다.

· 이 소설은 가상의 이야기로 등장하는 인물, 사건, 지명 등은 현실과 무관한 것임을 알려드립니다.

프롤로그

죽지 않는 여자

 차가운 겨울바람이 머리카락을 휘날리고 가슴속 깊은 곳까지 헤집고 들어왔다. 허…. 입에서 뽀얀 숨결이 새어 나와 어디론가 공허히 흩어졌다. 곧 나도 저렇게 사라져 버리고 말겠지. 12월의 마지막 날, 10대의 끝. 그 어느 때보다 죽기 딱 좋은 날이었다.
 비릿한 강물 냄새가 콧속으로 스며들었다. 나는 조심스레 철제 난간 위로 올라서서 허공에 한 발을 내디뎠다. 겨울의 한기가 새까만 스타킹을 뚫고 들어와 다리를 꽁꽁 얼게 했다. 지그시 눈을 감고 주변에서 들려오는 소리에 귀 기울였다. 차들이 쌩쌩 달리는 소리, 바람이 매섭게 휘도는 소리. 내 몸이 강물 속으로 빠지는 순간, 유일하게 세상과 나를 이어 주던 이 모든 소리는 흔적도 없이 사라질 것이다.
 내가 여기서 죽으려는 이유는 그저 이 길을 지나가고 있었기 때문이다. 살아 있어도 살아 있는 것 같지 않은 나날. 그 버거운 삶을 이제는 끝내고 싶어졌다. 차오르는 눈물을 억누르며 깊은 숨을 들이켰다. 그리고 아주 천천히 내쉬었다. 부디 평온이 찾아오기를 간절히 바라며 다리 아래로 몸을 던졌다.

고요하고 차디찬 어둠 속에서 숨이 막히고 심장이 조여오기 시작했다. 저 깊은 강 밑바닥에서부터 죽음의 공포가 밀려왔다. 순간 살아야겠다는 본능이 고개를 들었다. 하지만 여기서 죽음을 포기할 수는 없었다. 세상이 살 만한데 죽는 사람은 없다. 심심해서 삶을 버리는 사람도 없다. 죽음을 택하는 사람은 죽음보다 삶이 더 두려울 뿐이다.

나 역시 그랬다. 이토록 캄캄한 물속보다 강물 밖의 세상이 더 두려웠다. 내 편이라고는 아무도 없는 곳. 지독한 가난과 악착같이 버티면 더 크게 찾아오고야 마는 고난이 나를 한없이 가라앉게 했다. 이대로 가라앉아야만 했다. 반드시 죽어야만 했다. 스스로 목숨을 끊은 것에 대한 벌은 죽어서 받을 테니.

☾

내가 눈을 뜬 곳은 새하얀 천장이 보이는 소란스러운 어딘가였다. 나… 죽은 건가? 죽어서 저세상에 온 건가?

"환자분, 괜찮으세요?"

간호사인 듯 보이는 젊은 여자가 물었다. 뒤이어 하얀 가운을 입은 중년 남성이 다가와 펜라이트를 켠 뒤 내 눈을 이리저리 비추었다. 그는 간호사에게 검사를 준비해 달라고 부탁했다.

"네, 알겠습니다."

"보호자는 아직 연락 안 됐어요?"

"그게… 어머니는 환자분 태어날 때 돌아가셨고, 아버지도 얼마 전에 돌아가신 상태라. 형제도 없는 것 같고요."

"하….'

의사가 깊은 한숨을 내쉬었다.

"일단 알겠어요. 검사 결과를 보고 다시 이야기합시다."

그들이 돌아간 뒤 나는 병원 안을 찬찬히 둘러보았다. 여러 개 놓인 침대마다 환자들이 누워 있었고 의사와 간호사가 분주히 오가며 그들을 살피거나 치료하고 있었다. 그 모습을 보고 있자니 머리가 지끈거렸다. 오랫동안 한기에 노출되었던 몸은 이제 감각조차 없는 듯했다.

그러다 고개가 정면을 향한 순간 시커먼 차림새의 키 큰 남자가 눈에 들어왔다. 무표정한 얼굴로 나와 눈을 맞추고 서 있는 남자. 새까만 페도라에 새까만 롱코트, 거기에 새까만 구두까지. 그 모습은 꼭 저승사자 같았다. 그윽한 눈빛과 잘생긴 얼굴이 저승사자와는 어울리지 않았지만. 잠시 후 그를 바라보던 눈이 스르르 감겼다.

"몇 번을 다시 해 봐도 똑같아요."

"거참, 이상하네."

정신이 흐릿한 가운데 아까 들었던 목소리가 다시 들려왔다.

"들어올 때 상태로 봐서는 드라우닝(drowning, 의학 용어로 '익사'를 의미)이라고 해도 이상할 거 없었는데 어떻게 저렇게 멀쩡할 수가 있는지."

"어떡할까요?"

"폐뿐만 아니라 다른 장기도 전혀 손상되지 않았어요. 특별히 눈에 띄는 증상도 없으니까 의식이 돌아오는지 지켜보면서 추후 처치를 결정합시다."

"알겠습니다."

의사와 간호사가 대화를 마치자 다시 필름이 끊기듯 정신이 뚝 끊어졌다. 그리고 그로부터 시간이 얼마나 지났을까, 나는 다시 살며시 눈을 떴다.

"환자분, 정신이 드세요? 제 목소리가 들리면 눈 한 번 깜빡여 보세요."

나는 말없이 눈을 깜빡였다.

"네, 다행히 의식이 돌아왔네요."
의사가 말했다.
"검사 결과 별다른 이상이 없으니까 수액만 다 맞으면 바로 퇴원하셔도 됩니다."
무슨 말이지? 그럴 리가 없었다. 분명 나는 그 시리도록 차가운 물속으로 가라앉고 있었다. 죽을 생각이었고 죽을 거라 생각했으며 죽었다고 생각했다. 눈가가 뜨거워졌다. 차오른 눈물이 뺨을 타고 흘러내렸다. 죽어야 했다. 정말로, 반드시 죽어야 했는데….

2 새벽은

사는 여자

"학교 다녀오겠습니다."

아빠가 돌아가신 그날도 여느 날과 다르지 않은 평범한 하루였다. 나는 아무도 없는 텅 빈 집 안에 인사를 남긴 뒤 현관을 나왔다. 문을 잠그려 열쇠 구멍에 열쇠를 꽂았는데 꽁꽁 언 날씨 탓인지 열쇠가 좀처럼 돌아가지 않았다. 몇 번이나 힘겹게 돌린 끝에야 겨우 문이 잠겼다.

반지하에서 지상으로 이어지는 계단을 올라 대문으로 향했다. 페인트칠이 다 벗겨진 철문은 끼이익 하는 요란한 소리를 내며 밖으로 열렸다. 길바닥 여기저기에 아직 녹지 않은 눈이 얕게 쌓여 있었다. 낡고 해진 운동화가 그 위를 밟을 때마다 새하얗던 눈이 까맣게 물들었다.

작고 허름한 집들이 빼곡히 들어선 좁은 골목길을 빠져나와, 끝없이 이어진 시멘트 계단을 걸어 내려갔다. 언제라도 발을 헛딛는 날에는 뇌진탕으로 죽어도 이상하지 않을 만큼 가파른 계단이었다. 가끔 이 계단에서 굴러떨어지는 상상을 해 보곤 했지만 실제로 그런 일은 일어나지 않았다.

계단을 다 내려온 나는 낡은 천 가방을 한 번 고쳐 맨 뒤 큰 도로 쪽으로 걸어 나갔다. 거세게 불어오는 겨울바람에 어깨까지 오는 머리카락이 흩날리며 시야를 가렸다. 손목에 차고 있던 머리끈을 빼내 성가신 머리를 하나로 질끈 묶고 다시 묵묵히 길을 걸었다.

고등학교 3학년 12월의 교실에는 빈자리가 많았다. 수능이 끝나면 다들 논술 준비를 위해 학원에 다니거나 체험학습을 나가기 때문이었다. 한기가 도는 교실 맨 뒤 창가 자리에 앉아 이어폰을 꽂고 책을 펼쳤다. 새하얀 페이지 위를 가득 메운 검은 글자와 숫자를 천천히 눈으로 읽어 내려갔다.

잠시 후 누군가 내 귀에 꽂힌 이어폰을 거칠게 잡아당겼다. 고개를 들어 보니 3년 내내 봐 온 익숙한 얼굴들이 서 있었다. 그들 중 가장 빛나는 이는 역시 '그녀'다. 예쁘장한 얼굴에 새까만 눈동자, 반짝반짝 윤이 나는 긴 생머리, 주름 하나 없이 깔끔하게 다려진 교복.

"사람이 부르면 대답을 해."

신경질적인 말투, 그리고 그와는 대비되게 입이 귀에 걸릴 듯 짓는 환한 미소. 그녀는 참 한결같았다.

"이어폰 처끼고서 안 들리는 척하지 말고."

그녀의 입에서는 오늘도 험한 말이 새어 나왔다.

"수능도 다 끝났는데 뭐 하냐? 재수라도 하게? 너희 집 가난하잖아."

그녀 뒤에 둘러선 아이들이 킥킥댔다.

"다 쓰러져 가는 집에서 아빠랑 단둘이 살면서 재수할 돈이나 있겠어? 아, 불쌍한데 우리가 불우 이웃 돕기 모금이라도 좀 해 줄까?"

나는 그녀의 손에 들려 있던 이어폰을 확 낚아채 다시 귀에 꽂았다.

"야, 송서은."

하지만 그 말이 끝나기도 전에 이어폰은 또다시 그녀의 손에 들어가 있었다.

"사람이 말을 하면 좀 듣는 시늉이라도 하라니까. 맨날 그렇게 개무시하지 말고."

나를 바라보는 그녀의 표정이 순간 살벌해졌다.

"아, 엄마가 없으니까 이런 기본적인 것도 잘 모르는 건가?"

다시 환하게 웃는 그녀를 나는 있는 힘껏 쏘아보았다.

"그래, 그 눈빛. 난 그 눈빛이 참 좋더라."

그녀는 나에게 좀 더 바짝 다가왔다.

"서은아, 나는 진심으로 네가 잘됐으면 좋겠어. 잘 살았으면 좋겠어."

"…."

"개천에서 용 난다는 말, 그거 다 옛말이거든. 너 같은 거지들은 맨날 가난에 허덕이다가 죽을 때도 똥통에 빠져 죽어. 정의? 요즘 그런 게 어디 있어. 돈이 권력이고, 백으로 다 되는 세상에. 근데…."

가슴속에서 분노가 거칠게 끓어올랐다.

"너는 정말 재미있어. 절대 안 지거든."

나는 더욱 날카롭게 그녀를 노려보았다.

"그 눈빛, 진짜 잊지 못할 거야."

그녀의 사근사근한 목소리는 가증스럽기 그지없었다.

"서은아, 기억나?"

그녀가 내 귀에 속삭였다.

"우리가 처음 만났던 날."

그녀의 말에 지옥의 문이 열린 그 첫날의 기억이 물밀듯 되살아났다.

퍽! 퍽! 퍽!

무수한 발길질에 뒤로 밀리던 몸이 학교 담장에 부딪치고 나서야 앞으로 고꾸라졌다. 정신이 점점 흐려지는 와중에 그들이 웃고 있는 모습이 어렴풋이 보였다. 마치 재미있는 구경거리라도 되는 양 나를 쳐다보며 깔깔대고 있었다. 차가운 땅바닥에 엎어진 채 지그시 눈을 감았다. 감은 눈 사이로 뜨거운 눈물이 흘러내렸다.

"서은아, 괜찮아? 많이 아파?"

걱정하는 척, 조롱 섞인 말투였다. 비웃는 웃음소리도 계속 들려왔다. 나는 천천히 눈을 뜨고 그들을 다시 바라보았다. 갈기갈기 찢어 버리고 싶은 저 입들.

"어떡해, 우리 서은이. 교복도 다 망가졌네? 새로 살 돈도 없을 텐데."

새까만 눈동자를 가진 그녀가 내 앞에 쭈그려 앉아 마치 걱정이라도 해 주는 듯한 표정으로 내려다보았다. 나는 힘겹게 그녀의 한쪽 다리를 붙잡았다. 그대로 부러뜨려 버리기라도 했으면 좋으련만 아쉽게도 그럴 기력은 남아 있지 않았다.

"뭐 하는 거야?"

불쾌하다는 듯 그녀가 정색했다. 상처투성이가 된 내 손이 다리에 닿은 것만으로도 혐오스러웠겠지. 그래, 그걸로 충분했을지 모른다. 다리를 부러뜨리진 못했지만, 멱살을 잡지도 못했지만 어쩌면 그 한순간의 '접촉'이 그녀에게는 꽤 큰 타격이었을 수도 있다.

"나한테… 왜 이러는 거야?"

나는 입술을 떨며 간신히 말을 꺼냈다. 그녀는 한동안 나를 빤히 바라보더니 입꼬리를 천천히 끌어올렸다.

"재미있으니까."

숨이 막히는 것 같았다. 나를 괴롭히는 이유가 그저 재미있어서라니.

"재미있는데 이유가 더 필요해, 서은아?"

그래, 재미있어서. 재미있어서 교실 뒤에 나를 쓰러뜨린 채 죽일 듯이 밟아 대고, 재미있어서 화장실 칸에 가둔 채 물세례를 퍼붓고, 재미있어서 내 몸이 빨래판인 양 대걸레를 퍽퍽 문질러 댔다. 그들은 재미만 있으면 무엇이든 할 수 있는, 해 버리는 괴물들이었다. 그런 괴물들이 만든 지옥은 3년 내내 쉼 없이 계속되었다.

"그때도 넌 죽은 사람처럼 생기가 하나도 없어 보였는데."

여전히 새까만 눈동자를 가진 그녀가 다시 입을 열었다.

"근데 서은아, 가난은 원래 힘이 없는 걸까?"

그녀의 얼굴에 미소가 번졌다.

"우리가 함께하는 동안 널 지켜본 사람이 참 많았는데 정작 도와준 사람은 하나도 없었다? 그렇지?"

나의 지옥을 만드는 괴물들 너머에서 그저 그 지옥을 바라보거나 괴물들의 뒤를 지켜 주던 존재들. 숨을 헐떡이며 고통을 토해 내도 나를 위해 아무도 나서지 않았다. 누군가는 두려워서, 누군가는 자신을 보호하기 위해서.

"어설프게 나섰다가는 자기가 죽거든."

그러니까 그 괴물들을 이길 히어로는 세상에 존재하지 않았다. 오직 괴물들이 세상을 지배할 뿐이었다.

"돈 없는 네 편을 드는 게 이득일까, 아니면 돈도 있고 힘도 있는 내 편을 드는 게 이득일까?"

그녀가 그렇게 말하는 지금 이 순간에도 같은 교실 안 멀찍이서 이 광경을 지켜보고만 있는 아이들의 얼굴이 눈에 들어왔다. 어떤 순간에도 절대, 아무도 나서지 않는 참담한 세상.

"너와 내가 마주 보는 건 이번이 마지막일 거야."

그녀는 확신에 찬 목소리로 말했다.

"그래서 내가 이렇게 직접 널 보러 왔지. 바쁜 와중에도 말이야. 이 학교라는 테두리를 벗어나면 넌 다시는 날 볼 수 없을 거거든. 왜? 너랑 내가 사는 세상은 차원이 다르니까. 하지만 서은아, 난 가끔 네가 보고 싶을 것 같아. 그 지지 않는 눈빛 말이야. 가진 건 쥐뿔도 없으면서 절대 꺾이지 않는 네 눈빛."

"…."

"그러니까 난 진심으로 네가 잘됐으면 좋겠어. 잘 살았으면 좋겠어. 그래서 언젠가 네 그 눈빛을 다시 한번 나한테 꼭 보여 줬으면 싶거든."

그녀가 환한 미소를 거두고 싸늘한 목소리로 말했다.

"그때도 지금처럼 꺾이지 않을 수 있을지."

그래, 너는 항상 그게 본심이었다. 네가 그토록 보고 싶어 하는 그 지지 않는 눈빛으로 다시 너를 바라봐 줄게. 속으로 그런 생각을 하며 그녀를 쳐다보는데 그 새까만 눈동자와 찰랑이는 머릿결, 말끔한 교복이 자꾸 신경에 거슬렸다. 그리고 그때 반장이 내 이름을 불렀다.

"송서은, 담임선생님이 너 교무실로 오래."

그날 나는 담임선생님으로부터 아빠가 위급하다는 소식을 전해 들었다. 부리나케 응급실로 달려갔을 때는 아빠가 이미 세상을 떠난 뒤였다. 하얀 천에 덮여 있는 아빠의 모습에 세상이 무너져 내렸다. 아무 소리도 들리지 않고 그저 아빠와 함께했던 시간들이 주마등처럼 스쳐 지나갔다.

따스했던 아빠의 온정, 산더미 같은 빚에도 누구보다 열심히 살았던 아빠의 성실은 그렇게 아무도 알아주지 않는 세상 속 어딘가로 사라지고 말았다. 그저 모든 게 꿈이기를. 내가 태어나자마자 엄마가 세상을 떠난 것처럼 아빠의 죽음 또한 나 때문은 아니기를.

"아이고, 아이고!"

장례식장에 곡소리가 울려 퍼졌다. 상주복을 입은 나는 멍하니 저 앞에 놓인 영정 사진만을 바라보았다. 사진 속에서 아빠는 환하게 웃고 있었다. 액자 양옆에 달린 까만 띠와 그 앞에 놓인 새하얀 국화 송이들과는 전혀 어울리지 않는 얼굴이었다. 모든 것이 거짓말 같았다. 아빠의 죽음을 믿을 수 없었다.

"쯧쯧, 제 어미도 태어나면서 그렇게 보내 버리더니, 하나 남은 아비마저 저렇게 보내 버리는구먼."

사람들이 혀를 차며 수군대는 소리가 들렸다.

"그러게 말이야. 암만 재수가 없기로서니 어찌 제 어미 아비를 사고로 먼저 보낼 수가 있대."

"팔자가 사나워서 그래, 팔자가. 이래서 집안에 사람도 잘 들이고, 애도 잘 태어나야 한다는 거야."

"제 부모 잡아먹을 팔자였구먼."

나는 어떤 반박도 할 수 없었다. 모든 게 다 내 탓인 것만 같았다. 내가 태어나지 않았다면 이 모든 일이 일어나지 않았을까. 두 눈에 뜨거운 눈물이 차올랐다.

"근데 이제 쟤는 어떻게 되는 거야? 누가 데려다 키워야 하는 거 아니야?"

"에이, 데려다 키우기는 누가 데려다 키워. 내일이면 스물인 애를. 저 알아서 살아도 될 나이야."

"친척도 많지 않고 달랑 한둘인데, 다들 안 데려간다고 하더라고."

"하긴 제 어미 아비 다 보낸 애를 누가 좋아하겠어. 재수 없지."

장례를 치르고 난 뒤 나는 그저 시간을 흘려보냈다. 아니, 시간을 흘려보냈다고 말할 수 있을지조차 모르겠다. 어떻게 며칠이 지나갔는지 아무것도 기억나지 않았다. 숨을 쉬고 있다는 이유만으로 살아 있었다. 그리고 정신을 차렸을 때는 한강 대교 위였다.

차들이 쉴 새 없이 내 옆을 스쳐 지나갔고 다리 아래에는 시커먼 강물이 출렁이고 있었다. 언제부터 여기 서 있었는지도, 왜 여기까지 걸어온 건지도 알 수 없었다. 단 하나 확실한 건 오늘이 12월 31일이라는 사실. 내가 태어난 날이자 엄마가 죽은 날이었다.

비릿한 강물 냄새가 콧속으로 스며들었다. 나는 조심스레 철제 난간 위로 올라서서 허공에 한 발을 내디뎠다. 겨울의 한기가 새까만 스타킹을 뚫고 들어와 다리를 꽁꽁 얼게 했다. 차오르는 눈물을 억누르며 깊은 숨을 들이켰다. 그리고 아주 천천히 내쉬었다. 부디 평온이 찾아오기를 간절히 바라며 강물로 뛰어들었다. 고요하고 차디찬 어둠 속에서 숨이 막히고 심장이 조여 오기 시작했다. 이내 정신을 잃었다.

하지만 다시 눈을 떴을 때 나는 병원 응급실에 누워 있었다. 저승사자 같은 시커먼 남자도 보았는데, 담당 의사는 아무 이상이 없다며 집에 가도 좋다는 말만 남겼다. 병원을 빠져나온 나는 혼란에 휩싸인 채 차들이 빠르게 오가는 도로 한가운데로 성큼성큼 걸어 들어갔다.

"빵! 빵빵!"

날카로운 경적이 울려 퍼졌고, 차 안에서 누군가 날 향해 고함을 질렀다.

"미쳤어? 빨간불인 거 안 보여? 앞 좀 보고 다녀!"

모르겠다. 아무것도 모르겠다. 머릿속에서 온갖 생각이 뒤엉키며 시야가 뿌옇게 흐려졌다. 왜 죽지 않았을까? 왜 죽지 않은 거지? 다시 발걸음을 돌려 내가 죽으려 했던 한강 대교로 향했다. 유유히 흐르는 강물을 한 번 내려다본 뒤 나는 난간 위로 오르려 했다.

"학생! 이러지 말아요!"

누군가 다급하게 외치며 나를 붙잡았다. 나는 그의 손을 뿌리치려 애썼다. 처음 죽으려 했을 때는 아무도 나를 잡지 않았잖아. 아무도 날 구하려 들지 않았잖아!

"무슨 일인지는 몰라도 살아야 해요. 일단 살고 나서 그다음 일을 생각해 봅시다. 네?"

뜨거운 눈물이 쉴 새 없이 흘러내렸고 가슴은 찢어질 듯 아팠다. 엄마 아빠… 제발 나도 데려가 줘….

"이러면 부모님이 슬퍼해요. 부모님 생각은 안 해요?"

"부모님 없다고, 아무도 없다고!"

"그래도 살아야죠. 세상에 아무도 없다고 나까지 아무것도 아닌 게 돼요?"

"제발 이거 놔요."

"아등바등 애쓰던 스스로가 불쌍하지 않아요? 안쓰럽지도 않냐고요."

암담한 현실에 목이 메어 왔다. 사람들은 팔자 한번 지독하다며 나를 피했고, 거지라 놀리기만 할 뿐 도와주지 않았다. 세상에 내 편은 아무도 없었다. 내 어둠은 깊고 고독했으며, 내 슬픔은 오롯이 나만의 것이었다. 나는 끝내 바닥에 주저앉아 목 놓아 울었다.

터덜터덜 힘없이 집으로 돌아온 나는 무언가에 홀린 듯 주방 서랍을 열었다. 그 안에서 꺼낸 건 은색 가위 한 자루였다. 날카로운 날을 힘껏 손목에 그어 내자 검붉은 피가 봇물 터지듯 솟아올라 손목을 뒤덮었다. 누런 장판 위로 피가 뚝뚝 떨어졌다. 곧이어 참을 수 없는 고통이 몰려오며 숨이 가빠졌다. 온몸에서 힘이 빠져나가는 게 느껴졌다. 나는 그대로 바닥에 쓰러졌고 의식은 점점 흐릿해졌다. 그리고 눈이 거의 다 감겼을 때쯤 저 앞에서 새까만 구두가 아른거렸다. 저 구두는 뭐지? 어디서 본 것 같은데….

시간이 얼마나 흘렀을까. 나는 또다시 눈을 떴다. 천천히 몸을 일으키고 주위를 둘러보았다. 오래된 주방, 겨울바람이 숭숭 새어 들어오는 알루미늄 현관문, 그 앞에 놓인 낡은 운동화 한 켤레. 모든 것이 그대로였다. 이번에는 손목을 들어 확인했다. 분명 깊은 상처가 났었는데 자국 하나 없이 말끔히 아물어 있었다.

또 죽지 않았다. 틀림없이 죽었는데 여전히 살아 있었다. 스스로 목숨을 끊었지만, 눈을 뜨면 언제 그랬냐는 듯 내 몸은 죽기 전 그대로였다. 이상한 일이었다. 비정상적인 상황이 반복되는데도 그 이유를 알 방법은 없었다.

☾

시간은 그런 나를 아랑곳하지 않고 흘러 어느새 고등학교 졸업 날이 되었다. 졸업식이 열리는 운동장은 꽃다발을 든 졸업생과 졸업을 축하하러 온 사람들로 북적였다. 나를 제외하고는 모두가 저마다의 짝과 함께였다.

"송서은."

누군가 나를 부르는 소리에 고개를 들어 보니 낯선 얼굴의 여학생이 나를 향해 서 있었다.

"너 내가 누군지 모르지? 나 너랑 1년 동안 같은 반이었는데."

알 리가 없었다. 나를 괴롭히던 아이들 말고는 3년 동안 먼저 말을 걸어오는 사람은 단 한 명도 없었으니까.

"난 신기은이라고 해. 졸업하는 마당에 처음 인사하는 것도 좀 웃기긴 하지만…."

그 아이는 말을 멈추고서 피식 웃었다. 그 웃음은 이상하게도 나를 괴롭히던 아이들의 것과는 다른 결이었다.

"졸업 축하한다."

무심한 듯하면서도 따뜻한 한마디가 마음속에 조용히 내려앉았다. 왜 갑자기 인사를 건네는지는 알 수 없었지만.

"방금 인사하고서 이런 말 하긴 좀 그런데… 너 조심해라. 뭔가 음산하고 불길한 게 너를 따라다니는 게 보여."

기은은 내 뒤쪽 어딘가를 힐끗 바라보며 그렇게 말했다.

"그게 뭔데?"

"글쎄?"

기은이 어깨를 으쓱해 보였다. 나는 고개를 돌려 뒤를 바라보았다. 졸업식에 참석한 사람들만 보일 뿐 이상한 건 아무것도 없었다. 대체 뭘 조심하라는 거지?

"뭐가 보이는데?"

기은이 나를 빤히 바라보았다.

"저승사자."

나는 아무런 대꾸도 하지 못했다. 무섭거나 두려워서가 아니라, 충격 때문도 아니고, 그저 무슨 말을 해야 할지 몰랐기 때문이다. 그 순간 문득 응급실에서 마주쳤던 남자가 떠올랐다.

"낮은 목소리, 생기 없는 얼굴, 화가 날 때면 나타나는 독기 서린 눈빛. 너한텐 언제든 귀신 하나쯤 붙어도 전혀 이상하지 않을 거 같아. 그 어두운 분위기가 뭔가 들러붙기 딱 좋거든."

"…."

"근데 저승사자는 좀 신기하긴 하네."

기은은 중얼거리듯 말했다.

"너… 혹시 죽었어?"

가슴이 덜컥 내려앉았다. 죽지는 않았지만 여러 번 죽으려 했던 건 사실이었으니까.

"아니면 죽으려고 한 적 있다거나."

기은은 내 속을 들여다보듯 말했다.

"저렇게 시커멓고 어두운 기운을 내뿜는 저승사자가 네 뒤를 따라다닌다는 건, 네가 이미 죽었거나 곧 죽을 예정이라는 거 아니겠어?"

"너는 그런 걸 어떻게 보는데?"

"우리 집이 대대로 무당 집안이거든. 신내림을 받아서 하고 싶지 않아도 해야 하는. 그래서 나도 귀신이 보여."

귀신이 보인다는 이 아이의 말을 믿어야 하는 걸까.

"원래 이런 말 함부로 하고 다니면 안 되는데, 너랑은 이제 마지막일 것 같아서 말해 주는 거야. 너한테 어떤 사연이 있는지 모르겠지만, 저 불길한 저승사자를 달고 다니는 건 분명 좋은 일은 아니야."

"너 나랑 안 친하잖아. 마지막이든 뭐든, 친하지도 않은데 나한테 그런 얘기를 왜 해 주는 건데?"

"안 친하지. 네가 괴롭힘을 당할 때도 난 그냥 보고만 있었잖아."

"근데 왜 이제 와서 그런 말을 해? 걱정하는 척."

"이건… 내가 할 수 있는 일이니까."

그렇게 말하고서 기은은 잠시 입을 다물었다. 머릿속에서 많은 생각이 오가는 얼굴이었다.

"애들이 못된 짓 하는 걸 방관한 것도 죄지만 용서해 달라는 말은 안 할게. 사과도 하지 않을 거야. 어차피 다시 그때로 돌아간다 해도 난 또 지켜만 보고 아무것도 하지 못할 테니까. 그러면 사과하는 의미가 없잖아."

나를 바라보며 말하는 기은의 모습에서 진심이 느껴졌

다. 가식적이지도, 비굴하지도 않은 그 솔직함이 나를 이해시켰다.

"나는 네가 행복했으면 좋겠다든가, 불행했으면 좋겠다든가 그런 건 잘 모르겠어. 너를 좋아하지도, 미워하지도 않으니까."

"…."

"근데 그건 알아. 네가 나쁜 애는 아니라는 거. 나는 나쁜 사람 아니면 다 말해 주거든, 조심하라고."

기은의 얼굴에 옅은 미소가 번졌다.

"다시 한번 졸업 축하한다."

기은은 마지막 인사를 남기고 돌아섰다. 나는 멀어지는 그 아이의 뒷모습을 바라보며 한참을 서 있었다.

스무 살의 봄이 찾아왔다. 겨울 동안 눈이 수북이 쌓여 있던 나뭇가지에는 어느새 연둣빛 새살이 돋았고, 차갑던 공기는 제법 따뜻해졌다. 하지만 시간이 흘러 계절이 바뀌어도 나의 계절은 여전히 겨울이었다. 나는 홀로 모질고 혹독한 겨울을 이겨 내고 있었다.

싱크대 앞에 앉아 아직 처리하지 못한 각종 고지서들을

하나씩 들춰 보았다. 전기세, 수도세, 가스 요금에 밀린 월세까지 내야 할 돈이 산더미였다. 아빠의 장례 비용은 어떻게든 해결했지만, 갚아야 할 대출금이 쌓여 있는 상황에서 당장 필요한 생활비를 마련하는 일도 녹록지 않았다. 멍하니 앉아 고지서만 바라보던 나는 곧 몸을 일으키고 나갈 준비를 했다. 가방에 챙겨 넣은 것은 구형 핸드폰과 낡은 동전 지갑, 머리끈 정도가 전부였다.

아스팔트 위를 걸어 도착한 곳은 높은 지대에 있는 어느 편의점이었다. 이렇게 구석지고 한적한 곳에 손님이 올까 싶지만, 편의점이 유지될 만큼은 늘 사람들이 드나들었다.

편의점 문을 안으로 밀자 찰랑이는 풍경 소리나 났다.

"어서오세요."

낮고 무심한 목소리가 들려왔다.

"어, 왔어. 얼른 와."

유니폼을 입은 남자가 카운터 안쪽에 서서 피곤한 얼굴로 나를 맞이했다. 그의 가슴팍에 '김동수'라는 이름표가 삐뚜름하게 달려 있었다.

"다른 전달 사항은 딱히 없고, 시재 점검만 한 번 더 하면 돼."

그는 유니폼을 벗고 카운터 밖으로 나오며 말했다.

"간다."

무뚝뚝한 인사를 남기고 그는 편의점을 나섰다. 체격이 건장한 그에 대해 아는 거라곤 이름이 김동수라는 것뿐이었다. 나이는 아마도 20대 후반에서 30대 초반 정도일 것이다. 그와 교대 후 편의점에 홀로 남겨진 나는 카운터 안으로 들어가 '송서은'이라는 이름표가 달린 유니폼을 찾아 입었다. 유니폼을 입는다고 해 봤자 빳빳한 천으로 만든 조끼 하나를 대충 걸치는 정도였지만.

카운터 위 포스기로 시재 점검을 하고 금액이 정확히 맞는 것을 확인한 뒤 미리 도착해 있던 상품들을 정리하기 시작했다. 매대 상품 진열이 끝나자 이번에는 냉장고로 향했다. 음료가 산처럼 쌓인 냉장고 안으로 몸을 밀어 넣고, 손에 든 칼로 비닐을 하나하나 뜯었다. 빠른 손으로 음료를 채워 넣을 때마다 음료는 곧장 미끄러져 맨 앞으로 이동했다. 처음 손님에게 보일 음료. 손님이 집어 갈 가장 처음 선택지. 음료를 고르듯 삶을 선택할 수 있다면 얼마나 좋을까.

시간이 흘러 어느덧 오후 6시가 되자 평소대로 점장님이 출근했다.

"오늘 별일 없었어?"

"네."

점장님은 고개를 끄덕이며 카운터 안으로 들어왔다. 나보다 훨씬 큰 키에 구릿빛 피부, 입가에는 팔자 주름이 깊게 패어 있었다.

"고생했다."

좁은 카운터 안에서 바짝 다가선 점장님의 손이 내 엉덩이를 툭툭 두드렸다. 뭐랄까, 습관적인 그의 손버릇 같은 거였다.

"가 보겠습니다."

"어, 그래."

나는 언제나 그랬듯 간단히 인사만 하고 카운터 밖으로 빠져나왔다.

"서은아."

편의점 문을 열려던 순간 점장님의 목소리가 나를 붙잡아 세웠다.

"힘든 일 있으면 언제든 편하게 얘기해. 어려워하지 말고."

나긋한 목소리로 점장님이 말했다. 그는 세상 좋은 사람인 양, 그리 달갑지 않은 미소를 환히 지어 보였다.

"네…."

나는 고개를 숙여 인사한 뒤 문을 열고 편의점 밖으로 나왔다. 그다음으로 내가 향한 곳은 또 다른 아르바이트 장소인 한 음식점이었다. 해 질 무렵 언덕배기를 내려가 큰길 상점가를 지나면 식당들이 늘어선 골목이 나왔다. 내가 아르바이트하는 음식점은 그 골목에 위치한 노란색 간판이 붙어 있는 작은 백반집이었다. 식당 문을 열고 들어서자 주방에서 일하시던 이모님이 나에게 서두르라고 재촉했다.

"얼른 와, 얼른. 설거지가 밀려서 죽어 나갈 판이야!"

나는 머리를 하나로 질끈 묶고 후다닥 주방으로 뛰어 들어갔다. 고무장갑을 끼고 수세미에 세제를 묻혀 식기들을 닦은 뒤 식기세척기에 넣었다. 세척이 끝난 식기들은 물기를 털어 내자마자 다시 손님들 상으로 올라갔다.

"제육 네 개, 고등어구이 네 개!"

홀에서 서빙을 보는 이모님이 목청껏 외치는 소리가 주방까지 쩌렁쩌렁 울렸다. 저녁 7시. 직장인들과 공사장 인부들이 한꺼번에 몰려드는 시간. 백반집 특성상 반찬 가짓수가 많아 한 테이블에 올라가는 접시의 양만 해도 상당했고, 손님들이 식사를 마치고 나가면 개수대는 금세 그릇들로 그득해졌다.

처음에는 젊고 여리여리한 아가씨가 설거지를 빠릿빠릿 해낼 수 있겠냐며 음식점에서 나를 거절했었다. 하지만 어떻게든 생활비를 벌어야 하는 절박한 현실에 사장님을 붙들고 몇 번이나 설득해 결국 일을 시작할 수 있었다. 나는 흘러내리는 땀을 옷소매로 대충 닦아 내며 정신없이 설거지를 이어 갔다.

"수고했어!"

해도 해도 끝이 보이지 않던 설거지는 밤 11시가 되어서야 끝이 났다. 마침내 식당 밖으로 나온 나는 골목길에 서서 쑤시는 어깨를 주먹으로 툭툭 내리쳤다. 컴컴한 어둠 속 가로등 불빛만이 세상을 환히 비추고 있었다. 그렇게 고단했던 하루가 조용히 막을 내렸다.

사건이 벌어진 건 그로부터 며칠 뒤 수요일 오후였다. 그날도 모든 게 평범하게 흘러가고 있었다. 점장님이 오기 전까지는.
"별일 없지?"
오후 5시 30분. 내가 점장님과 교대하기 30분 전이었다. 그날은 예정보다 일찍 점장님이 편의점 문을 열고 들어왔다.
"야, 송서은!"
평소와는 다른 날카로운 점장님의 목소리가 귀에 꽂혔다.
"네?"
편의점 안 테이블을 치우고 있던 나는 의아해하며 카운터로 향했다. 왠지 싸늘한 분위기에 무언가 잘못되었음을 직감했다.
"여기 있던 돈 다 어디 갔어?"
카운터 위 포스기로 눈을 돌린 나는 그제야 그 안에 있던 돈이 몽땅 없어졌다는 사실을 알게 되었다.

"돈이 다 어디로 갔냐고 묻잖아!"

심장이 쿵 내려앉고 등골이 서늘해졌다. 나는 정말 모르는 일이었다. 잠깐 냉장고 안을 정리하는 동안 누군가 꺼내 간 걸까?

"사람이 묻는데 왜 대답을 안 해!"

"몰라요."

겨우 입을 떼고 한 말은 그것뿐이었다. 무책임하게 들릴 수도 있었지만 나는 정말 몰랐다.

"몰라?"

점장님의 얼굴이 일그러졌다.

"네가 모르면 누가 알아! 네가 일하는 시간에 포스기 돈이 싹 사라졌는데, 이걸 네가 모르면 누가 아냐고!"

콧날이 시큰해지고 눈물이 차올랐다.

"하필 이런 때에 CCTV도 고장 나서."

점장님은 혼잣말처럼 중얼거렸다.

"네가 훔친 거 아니야?"

그럴 리가. 내가 아무리 가난하게 살아왔어도 여태껏 양심을 속이는 짓은 결코 해 본 적이 없었다.

"CCTV 고장 난 거 알고 네가 훔친 거 아니냐고."

"아니에요."

"아니면 누군데. 네가 아니면 누군지 말이라도 좀 해 봐.

그렇게 입 꾹 닫고 모르쇠로 나오지만 말고."

 하지만 나는 정말 할 수 있는 말이 없었다. 내가 아니라고 하는 것밖에는. 나도 이런 나 스스로가, 그리고 이 상황이 답답하기만 했다.

 "어쨌든 네가 있던 시간에 없어졌으니까 네가 책임져야 할 거 아니야."

 책임이라고? 어떤 책임을 말하는 거지?

 "저, 저는 몰라요."

 "그게 말이 돼? 네가 있던 시간에 돈이 싹 다 없어졌는데, 그걸 지금 변명이라고 하는 거야?"

 "진짜 모르는 일이에요."

 "네가 모르면 그럼 누가 알아!"

 눈물이 후두둑 떨어졌다.

 "뭘 잘했다고 처우는 거야? 울고 싶은 건 나야. 나라고! 너 그 돈 다 어떻게 할 거야."

 "…."

 "야!"

 순식간이었다. 점장님의 손이 허공을 가르며 내 뺨을 후려쳤다. 묵직한 충격이 얼굴에서부터 전신으로 번졌다. 강한 힘에 중심을 잃은 몸은 그대로 편의점 바닥으로 나동그라졌다. 등에서 딱딱한 바닥의 냉기가 느껴지자 모욕감이 몰려왔다. 다시 일어선 나는 고개를 숙인 채 입술을 꼭 다물고 눈물만 흘릴 뿐이었다.

"사정이 딱해서 일 시켜 줬더니 은혜를 이런 식으로 갚아?"

점장님의 언성이 점점 더 높아졌다.

"내가 이래서 사람을 믿고 쓸 수 있겠냐? 불쌍해서 더 잘해 줬더니만 도둑질을 해!"

"저 아니에요. 정말 아니라고요."

"근데 이게 진짜! 야, 안 되겠다. 너 나와."

점장님은 내 멱살을 잡고 편의점 밖으로 데리고 나가 바닥에 내동댕이쳤다. 곧 피할 수도 없을 만큼 빠른 발길질이 이어졌다. 몸속의 무언가가 뜨겁게 들끓고, 나를 괴롭히던 그 아이들의 사악한 웃음소리가 들려왔다. 끔찍했던 지옥이 다시금 생생하게 되살아났다. 그렇게 한참 발길질을 해 대던 점장님은 분이 좀 풀렸는지 한숨을 내쉬며 편의점 안으로 들어가 버렸다. 나는 쓰러진 채 흐릿한 눈으로 편의점을 바라보았다. 지는 해의 붉은빛이 편의점을 비추고 있었다. 무거운 눈꺼풀이 서서히, 아주 서서히 감겼다.

다시 눈을 떴을 때 세상은 이미 어둠으로 물들어 있었다. 콜록콜록. 나는 기침을 하며 힘겹게 몸을 일으켜 세웠다. 눈앞에 있던 편의점은 사라지고, 대신 가파른 시멘트 계단이 눈에 들어왔다. 점장님이 꼴 보기 싫은 나를 편의점 앞에서

치워 버리기라도 한 걸까. 그때 문득 식당 아르바이트가 떠올랐다. 나는 허겁지겁 주머니에서 핸드폰을 꺼냈다. 화면을 확인하니 시각은 밤 11시. 이미 내가 아르바이트를 마치고 식당에서 나올 시간이었다. 아… 다 끝났다.

컴컴하게 내려앉은 어둠처럼 내 삶도 어둡기만 했다. 도대체 어디서부터 무엇이 잘못된 건지 알 수 없었다. 무엇을 어떻게 해야 할지, 무엇을 할 수 있을지 감조차 오지 않았다. 지금 눈앞에 보이는 것은 그저 가파른 계단뿐이었다. 저 계단에서 구르면 죽을 수 있을까? 이 어둠에서 벗어날 수 있을까? 이 지긋지긋한 삶을 떠날 수 있을까?

나는 눈을 질끈 감고 계단에서 몸을 던졌다. 한 칸, 한 칸 굴러떨어질 때마다 지난 기억이 주마등처럼 스쳐 지나갔다. 아빠와 함께 엄마 제사를 지내던 날, 아이들에게 괴롭힘을 당하던 때, 아빠의 장례식장에서 사람들이 수군대며 나를 욕하던 일, 두 눈을 감은 채 하얀 천에 덮여 있는 아빠를 마주했던 순간까지. 이젠 정말 쉬고 싶었다.

계단이 끝이 나고 의식이 흐릿해지던 찰나 새까만 구두 한 켤레가 보였다. 그러고 보니 저 구두… 그날도 있었지. 강물에 뛰어들었다가 응급실로 실려 갔던 날, 집에서 가위로 손목을 그었던 날. 나는 힘겹게 고개를 들어 위를 올려다보았다. 검은 페도라와 긴 코트. 맞아, 저 남자였다. 항상 무표정한 얼굴로 나를 바라보던 남자.

알람 소리에 눈을 떴다. 익숙한 누런 장판, 여기저기 곰팡이가 핀 벽, 부드러운 베개와 이불. 내가 집에서 잤던가? 나는 아직 멍한 정신으로 한기가 도는 화장실로 향했다. 슬리퍼를 신고 조그만 타일이 이어진 바닥 위를 힘없이 걸어 수도꼭지 앞으로 다가갔다. 수도꼭지 위쪽에 붙어 있는 거울에 얼굴과 몸에 난 상처들이 비쳤다. 그래, 어제 편의점 점장님에게 그렇게 맞았지. 무심코 주먹을 움켜쥐자 팔의 멍든 부위가 욱신거렸다.

몸을 조심스레 숙여 세숫대야에 받아진 찬물에 얼굴을 씻어 보았다. 상처 난 곳이 따끔거리고 쓰라렸다. 마음의 멍만큼 아프지는 않았지만. 가만히 세숫대야 속 물을 바라보았다. 대체 누가 돈을 가져간 걸까. 점장님은 지금쯤 어쩌고 있을까. 온통 의문투성이인 상황에 머릿속이 혼란스러웠다.

결국 확인해야겠다는 생각이 들었다. 서둘러 옷을 갈아입고 집을 나섰다. 편의점 근처에 도착한 나는 적당한 곳에 위치를 잡고 안을 살폈다. 겉으로 보기에는 아무 일도 없었던 것처럼 평온해 보였다. 하지만 하나 달라진 게 있었다. 야간 아르바이트생인 동수 오빠의 얼굴이 보이지 않았다. 아침 9시. 보통 이 시간이면 동수 오빠와 내가 교대를 하는데, 오늘은 대신 점장님의 얼굴이 편의점 유리창 너머로 보였다. 왜일까.

나는 들키지 않도록 몸을 더 숨겼다. 점장님의 얼굴을 보고 있자니 옆구리가 저릿해 왔다. 다른 사람이라면 진작 병원에 갔을 상태였다. 하지만 나는 이제 병원에 갈 돈조차 없었다. 그리고 조금 지나면 몸은 또 언제 그랬냐는 듯 멀쩡히 나을 것이다. 그러니 지금 내게 중요한 건 병원이 아니라 편의점에서 사라진 돈의 행방이었다.

점장님은 평소와 달리 어두운 얼굴로 카운터를 지키고 서 있을 뿐 별다른 행동은 하지 않았다. 해 봐야 물건을 진열하거나 매장 안을 청소하는 정도가 전부였다. 포스기 안의 돈을 전부 도난당한 상황치고는 지나치게 침착했다. 경찰이 찾아오지도 않았다. 나는 조금 더 지켜보다가 결국 별다른 소득 없이 자리를 떴다.

다시 집으로 돌아왔지만 도난 사건의 의문이 가시지 않은 상태라 어떤 일에도 집중할 수 없었다. 결국 하릴없이 시간을 보내다가 저녁 아르바이트를 하던 백반집으로 향했다.

"아니, 말도 없이 그렇게 안 나오면 어떡해!"

식당 안으로 들어서자 홀에서 손님을 챙기던 이모님의 호통이 날아왔다.

"죄송합니다. 어제 갑자기 일이 생겨서요."

나는 죽을죄라도 지은 사람처럼 허리를 펼 새도 없이 연신 고개를 숙였다.

"우리 가게는 워낙 바빠서 일손이 달리면 손해가 크다고! 요즘 젊은 애들은 이래서 안 된다니까. 아무튼 우리는 벌써 사람 뽑았으니까 다른 데 알아봐요."

"정말 죄송한데 한 번만 봐주시면…."

"죄송이고 뭐고 다 필요없다니까."

이모님의 목소리는 차갑고도 단호했다.

"어제 손해 본 거 안 묻는 것만으로도 다행인 줄 알아. 하도 사정사정하길래 불쌍해서 뽑아 줬더니만!"

끝내 그 따가운 말이 귓속에 들어와 박혔다.

"아, 얼른 가요! 장사 방해되게 거기서 계속 그러고 있을 거야? 바쁜 거 안 보여?"

나는 마지막까지 죄송하단 말을 되풀이하며 식당을 나왔다. 음식점이 늘어선 골목길을 벗어나 불빛이 환한 거리로 접어들자 행복해 보이는 사람들이 눈에 들어왔다. 다정하게 손을 잡은 연인들, 서로 쿡쿡 찌르며 장난 치는 학생들, 배낭을 맨 한 무리의 외국인들. 모두가 환히 웃고 있었다. 나만 빼고.

눈가가 뜨거워지더니 곧 눈물이 차올랐다. 꼬르륵. 배에서는 요란하게 굶주림을 알리는 소리가 울렸다. 나는 혹시

나 하는 마음에 주머니를 뒤적여 보았다. 그럼 그렇지. 주머니에는 땡전 한 푼 남아 있지 않았다. 이럴 줄 알았으면 진짜 돈이라도 훔칠 걸 그랬나. 진짜로 훔치고 욕을 먹었다면 억울하지는 않을 텐데. 이도 저도 아닌 상황이 더 서러웠다. 꼬르륵. 또 한 번 배가 요란히 울었다. 나는 상처투성이 손으로 배를 꾹꾹 눌렀다. 소리 내지 마. 창피하니까.

굶주린 배를 안고 집으로 돌아온 나를 반긴 것은 다름 아닌 집주인 아주머니였다.

"여태 학생 기다렸어. 언제 오나 하고."

웃으며 너스레를 떨던 아주머니는 '많이 힘들지? 어린 나이에 어째' 같은 형식적인 위로를 건넨 뒤 본론으로 들어갔다.

"나도 더 봐주고는 싶은데 요즘 경기도 안 좋고, 벌써 월세가 석 달 치나 밀렸잖아. 더는 못 봐줘. 이번 달 월세도 밀리면 방 좀 빼 줘야 할 것 같아. 나 너무 원망하지 말고. 나도 어쩔 수 없어서 그래."

나는 또다시 죄인처럼 고개를 연신 숙이고 나서야 아주머니를 돌려보낼 수 있었다. 우두커니 서서 칠흑 같은 어둠 속으로 사라지는 아주머니의 뒷모습을 바라보았다. 마음이 그 어둠보다도 더 무겁게 내려앉았다. 아르바이트도, 월세도 도무지 해결할 방법이 보이지 않았다. 해결할 수 있는 건 하나도 없는데, 짐만 점점 더 쌓여 가는 기분이었다.

눈물이 또 터져 버렸다. 뜨거운 눈물이 두 뺨을 타고 흘러내리자 입술을 지그시 깨물었다. 엄마 아빠… 나 너무 힘들어. 나 좀 데려가 줘, 제발. 나도 엄마 아빠랑 함께 있고 싶어…. 공허한 마음을 끌어안고 눈물을 흘리던 나는 문득 새까만 구두를 떠올렸다. 내가 죽을 때마다 나타났던, 어쩌면 기은이 말한 대로 내 곁에 있을지도 모를 저승사자. 또 스스로 목숨을 끊는다면 그 저승사자가 다시 내 눈앞에 나타나 주지 않을까?

나는 언제 굴러떨어져 죽어도 이상하지 않을 만큼 위험한 그 계단으로 갔다. 이렇게 해서라도 그가 나를 데려가 주기만 한다면…. 지난번 편의점 근처에서보다 더 가파른 경사를 따라 몸이 빠른 속도로 계단을 굴렀다. 이번에도 정신이 가물가물해졌다.

"아저씨… 아저씨…."

나는 힘겹게 숨을 토해 내며 애타게 그를 불러 보았다.

"제발…."

드디어 그 시커먼 저승사자의 모습이 눈에 들어왔다.

"너는 어째서 그렇게 죽음이 간절한 거지?"

처음으로 그의 입에서 목소리가 흘러나왔다. 굵직하면서도 나직한 음성. 아, 그는 이런 목소리였구나.

"쉬고… 싶어요. 이제 그만… 다 내려놓고 싶어요."

나는 지친 눈빛으로 그를 올려다보며 말했다. 그는 무표정한 얼굴로 내 말을 듣고만 있었다. 처음 봤을 때부터 지금까지 줄곧 같은 표정이었다. 속을 알 수 없는, 어떤 순간에도 한 치의 흔들림 없는 눈빛. 그 눈빛에는 묘한 그윽함 같은 것도 서려 있었다.

"나는 왜 안 죽어요?"

"너는 이미 죽었다."

침묵하던 그가 차갑고 단호한 어조로 말했다.

"그럼 왜 나를 안 데려가는 거예요? 죽을 듯이 아프다가도 눈을 뜨면 늘 제자리로 돌아와 있어요. 죽고 싶어도 죽을 수가 없어요."

나는 그의 새까만 구두를 붙잡으며 천천히 몸을 일으켰다. 그다음에는 긴 코트를, 마지막에는 차디찬 손을. 두 손으로 꼭 붙잡은 그의 손에서는 아무런 온기도 느껴지지 않았지만 하나도 무섭지 않았다. 나는 그가 하나도 두렵지 않았다. 오직 그가 나를 데려가 주기를 바라고 또 바랄 뿐이었다. 어둠 속에서 그의 다른 한 손이 천천히 다가와 내 머리 위에 놓였다. 잠시 후 그 차가운 손이 내 두 눈을 덮었다.

다시 눈을 떴을 때는 집 안이었다. 저승사자에게 간절히 애원했지만 나는 여전히 죽지 않았고 다음 날은 어김없이 찾아왔다. 포근하고 부드러운 이불 속에 누운 채 창밖에서 스며드는 옅은 아침 햇살을 느꼈다. 벽에 핀 곰팡이는 어제보다 더 또렷하게 눈에 들어왔다. 여느 때와 다를 것 없는 무거운 현실이 또다시 나를 짓눌렀다.

천천히 고개를 돌려 방 안을 둘러보다가 시선이 한곳에 멈추었다. 바닥에 쪽지 한 장과 5만 원짜리 지폐가 놓여 있었다. 저건 뭐지? 영문을 알 수 없는 나는 그대로 굳어 버렸다. 그 순간에도 돈이 생겼다는 희망보다 그 돈이 가져올 절망을 먼저 떠올렸다.

조심스레 다가가 쪽지를 들었다. 어딘가의 주소로 보이는 메모가 적혀 있었다. 누가 남긴 건지, 무슨 의도인지는 알 수 없었다. 여기로 가라는 건가? 이 돈을 전달하라는 뜻인가? 한참을 생각해 봐도 도통 답이 나오지 않았다. 머릿속에서 의문은 수십 수백 갈래로 뻗어 나갔지만, 일단 그 쪽지에 적힌 장소를 찾아가 보기로 했다. 그러면 뭐든 알 수 있을 테니.

☾

나는 말끔히 씻은 뒤 가장 단정해 보이는 옷을 골라 입었다. 그리고 5만 원짜리 지폐를 챙기고서 집을 나섰다. 거리가 꽤 멀었지만 돈을 쓰지 않기 위해 걸어서 가기로 결정했다. 누가, 왜, 어떤 목적으로 건넨 돈인지도 모르는 상태에서 그 돈을 쉽게 써 버릴 수는 없었다. 어차피 아르바이트는 모두 잘렸고 지금 내가 가진 건 시간뿐이었다.

쪽지에 적힌 곳은 조용한 주택가에 위치한 어느 카페였다. 차 두 대 정도는 너끈히 지나갈 수 있는 널찍한 골목길을 따라 안쪽으로 들어가자 평화로워 보이는 카페 하나가 눈에 들어왔다. 'cafe vita'(vita는 라틴어로 '삶' '인생'이라는 뜻). 차분한 목재 외관에, 커다란 유리창 너머 실내에는 푸릇한 식물들과 깔끔한 테이블이 놓여 있었다. 나는 잠시 망설이다가 조심스럽게 문을 열고 안으로 들어갔다.

"어서 오세요."

부드러운 아주머니의 목소리가 나를 반겼다. 막상 들어와 보니 밖에서 보았을 때보다 훨씬 넓고 아늑한 공간이 펼쳐져 있었다.

"메뉴 천천히 보시고 주문해 주세요."

"저…."

나는 앞치마를 두른 중년의 아주머니가 서 있는 카운터로 다가갔다. 짧은 곱슬머리에 웃는 인상, 든든하고도 푸근해 보이는 풍채를 가진 분이었다.

"뭐 필요한 거 있으세요?"

나긋하게 말을 건네는 아주머니의 웃는 얼굴을 본 순간 나는 당황하고 말았다. 너무 낯선 다정함이었다. 아주머니는 대답을 기다리며 나를 조용히 바라보고 있었다.

"혹시 이거…."

나는 손에 들고 있던 쪽지와 5만 원짜리 지폐를 내밀었다. 그걸 받아 든 아주머니는 무언가를 짐작한 듯 더욱 환한 미소를 지어 보였다.

"어서 와요."

아주머니는 마치 내가 올 걸 알고 있던 사람처럼 따뜻하게 반겨 주었다. 이상했다. 분명 오늘 처음 보는 아주머니인데.

"일단 편한 데 가서 앉아요. 따뜻한 차 한 잔 내줄 테니."

영문을 알 수 없는 친절함이었지만 나는 홀린 듯 아주머니의 말을 따랐다. 손님이 와도 방해되지 않을 만한 구석 자리에 앉아 그녀를 기다렸다.

"좀 마셔요. 몸과 마음이 편안해질 거예요."

아주머니는 내 앞에 향이 좋은 따뜻한 차 한 잔을 내려놓고 마주 앉았다.

"독 들어간 거 아니니까 안심하고 마셔도 돼요."

말없이 찻잔만 바라보는 나에게 아주머니가 웃으며 말했다. 망설이던 나는 조심스럽게 한 모금 들이켰다. 노란빛 꽃이 띄워진 차의 은은한 향과 함께 따뜻한 기운이 온몸으로 퍼져 나갔다. 긴장이 스르르 풀리고 몸이 노곤해졌다. 아주머니 말대로 몸과 마음이 편안해지는 느낌이었다.

"이름이 뭐예요?"

"송서은이요."

"예쁜 이름이네. 난 한경숙이라고 해요."

"제가 올 걸… 알고 계셨어요?"

나는 아주머니의 눈치를 살피며 조심스럽게 물었다.

"…"

그녀는 대답 대신 입가에 미소만 지었다.

"쪽지랑 돈, 아주머니가 주신 거예요?"

"아니요."

"그럼 누가 줬는지는 아세요?"

그녀는 또다시 살짝 웃기만 했다. 뚜렷한 답변을 듣지 못하니 마음이 답답해졌다.

"그 돈은 왜 안 썼어요?"

이번에는 아주머니가 물었다.

"누가, 왜 준 건지 몰라서요."

아주머니는 동그랗게 뜬 눈으로 나를 바라보다가 웃음을 터뜨렸다.

"왜요?"

이유를 모르겠다는 얼굴로 내가 물었다.

"재미있어서요."

"네?"

"보통 사람 같았으면 공짜 돈이라고 좋아하며 발견하자마자 써 버렸을 텐데, 서은 씨는 그 돈을 그대로 들고 여기까지 찾아왔잖아요."

나는 아무런 대꾸도 하지 않았다. 그건 착해서도, 순진해서도 아니었다. 그저 어떤 일이 생길지 몰라서 남의 돈에 함부로 손대지 않았을 뿐이다.

"걱정 말고 써요. 어차피 5만 원밖에 안 되잖아요."

어차피 5만 원밖에 안 되잖냐는 말이 마음속에서 몇 번이고 메아리쳤다. 최저 시급으로 몇 시간을 쉬지 않고 일해야 벌 수 있는 그 돈이 이 아주머니에게는 그저 별거 아닌 돈일까. 5만 원에도 죽고 사는 나로서는 태연하게 말하는 아주머니에게 거리감을 느낄 수밖에 없었다. 각자 아주 멀리 떨어진 세상에서 사는 것만 같았다.

"근데 그 쪽지와 돈을 누가, 왜 서은 씨에게 남겼는지, 왜 나한테 서은 씨를 부탁했는지는 어렴풋이 알 것 같네요."

나를 부탁했다고? 쪽지와 돈을 남겨 가면서 이 아주머니에게? 누가? 도대체 왜?

"일단 여기서 아르바이트해 볼 생각 없어요?"

갑작스러운 제안에 나는 말문이 막혔다.

"필요하다면 숙식 제공도 가능해요."

"저한테 왜…."

"서은 씨가 궁금한 게 많을 것 같아서요. 여기서 일하면서 묻고 싶은 거 있으면 언제든 물어봐요. 내가 아는 한에서는 다 대답해 줄 테니까."

나는 아직 이 상황이 어리둥절하기만 했다.

"그럼 아주머니가 어떤 사람인지 먼저 말씀해 주세요."

어찌되었든 지금 가장 궁금한 건 아주머니의 정체였다.

"음… 아르바이트할 곳의 사장님 정도 되려나?"

그녀는 씩 웃으며 내 표정을 살폈다.

"그러면… 서은 씨랑 같은 부류의 사람이라고 말하면 알아들을까요?"

나와 같은 부류의 사람이라니 더 이해하기 힘들었다.

"아무래도 어렵겠네요."

내 속내를 읽기라도 한 듯 아주머니가 진지한 표정으로 말했다.

"그럼 돌려 말하지 않을게요. 나도 서은 씨처럼 죽어도 죽지 않는 삶을 살고 있어요."

아주머니의 입에서 나온 뜻밖의 말에 심장이 크게 요동치고 머릿속이 새하얘졌다. 죽어도 죽지 않는 삶. 나 같은 사람이 또 있다는 말인가?

"서은 씨처럼 저승사자도 보고요. 5만 원짜리 지폐와 쪽지를 준 것도, 나한테 서은 씨를 부탁한 것도 다 그 저승사자예요."

그 저승사자 아저씨가? 내가 죽게 해 달라고 그토록 간절히 부탁했는데도 들어주지 않더니, 이젠 죽어도 죽지 않는 또 다른 사람에게 나를 보냈다. 무슨 의도인지 아직은 알 수 없었다.

"나도 스스로 목숨을 끊었던 적이 여러 번 있어요."

방금까지 웃는 얼굴이던 그녀는 어느새 어둡게 가라앉아 있었다.

"가족 모두를 사고로 잃고 망연자실해 스스로 목숨을 끊었을 때 그 저승사자를 처음 봤어요. 그땐 왜 나를 데려가지 않느냐며 소리치고 화도 냈어요."

나는 말없이 그녀의 말에 귀를 기울였다.

"지금도 미워요. 여전히 나를 데려가지 않는 그 저승사자가. 원래 저승사자는 죽은 사람을 데려가야 하잖아요. 그게 그들의 일이잖아요."

그녀는 씁쓸하게 웃었다.

"결국 죽으려는 내 의지와는 상관없이 계속 살아야 했어요. 그래서 이 건물을 샀고 카페를 열게 됐죠."

그녀의 말에 나도 모르게 지난날이 떠올랐다. 멈춰지길

바랐던 시간은 계속해서 이어졌고, 죽고자 했던 나는 어떻게 해도 살아남았다.

"그럼… 어떻게 해야 해요?"

"글쎄요. 나도 잘 모르겠어요. 저승사자는 그저 '신의 뜻'이라고 하니 신이 부를 때까지 이 세상에 남아 있어야겠죠."

몇 번이고 죽어도 죽지 못하고, 세상을 떠나고 싶어도 세상에 남아 있어야만 하는 게 신의 뜻이라고? 신이 부를 때까지 이렇게 살아야 한다고? 그 삶은 어떤 형벌보다 끔찍한, 고통스러운 지옥 그 자체였다. 신은 내 죽음조차도 뜻대로 되게 내버려두지 않았다.

"그런 게 어디 있어요. 죽었으면 죽은 거지, 죽어도 죽지 못하는 게 어디 있냐고요. 그리고 왜 하필 저예요? 왜 아주머니고요? 그 기준이 대체 뭐냐고요!"

나는 아주머니의 잘못이 아니라는 걸 알면서도 그녀를 향해 울분을 쏟아 냈다. 이해할 수 없었다. 대체 죽어도 죽지 못하는 이유가 무엇일까. 그저 신의 뜻이라는 추상적인 말이 아닌 제대로 된 이유가 필요했다. 그 이유를 꼭 들어야 했다.

"서은 씨! 서은 씨!"

아주머니의 다급한 부름에도 아랑곳하지 않고 나는 카페를 나섰다. 성큼성큼 걷다가 내달리기 시작했다. 그 저승사자 아저씨든, 망할 신이든 내가 죽어도 죽지 못하는 이유를 말해 줄 때까지 죽는다면 그 이유를 알 수 있을지 모른다. 그때까지 몇 번이고 다시 죽을 것이다.

나는 처음 죽음을 맞이했던 그 한강 다리로 갔다. 이미 겨울을 지나온 터라 몸을 스치는 바람에서 한기는 느껴지지 않았다. 하지만 강을 훑고 올라온 바람에는 여전히 비릿한 냄새가 진하게 배어 있었다. 나는 두려운 마음 없이 난간 위에 올라 강물 속으로 뛰어들었다. 의식이 점점 사라져 갔다.

"그렇게 애써도 소용없다."

새까만 구두가 다시 나타났고, 그는 냉정하고 단호하게 말했다. 내 애타는 마음과 간절한 노력을 한 번에 와르르 무너뜨리려는 듯.

"왜! 대체 왜 죽지 못하는 건데!"

손이 분노로 부들부들 떨리고 눈에는 뜨거운 눈물이 차올랐다. 분명 다리에서 뛰어내렸는데도 멀쩡히 살아난 몸은 다시 강물 밖으로 나와 있었다. 이번에는 걸어서 강물 속으로 들어갔다.

"서은 씨!"

나를 부르는 경숙 아주머니의 목소리가 들려왔다. 소용없다. 나는 신에게 닿을 때까지 절대 멈추지 않을 거니까. 이건 신의 불공평함에 대한 저항이자 항의였다.

"나도 알아요, 그 마음."

물을 첨벙이며 뛰어 들어온 경숙 아주머니가 나를 뒤에서 끌어안으며 말했다.

"세상에 홀로 남겨진 그 마음, 혼자 쓸쓸하게 세상을 살아가야 하는 그 마음. 나도 안다고요."

"…"

"근데 못 죽잖아. 아무리 죽어도 죽지 않잖아."

그녀는 마음을 가라앉히고 차분히 말했다.

"그러니까 어차피 못 죽는 거 그냥 조금만 더 살아 보자고요. 그러다 보면 신이 부를 날이 올 테니 그때까지 우리 같이 견뎌 봐요."

나는 결국 엉엉 소리 내어 울었다. 그제야 차가운 물속에서 나를 껴안고 있는 경숙 아주머니의 온기가 느껴졌다. 하지만 강 건너에서 어둠을 밝히고 있는 세상의 불빛들은 여전히 나와는 아득히 멀게만 느껴졌다.

☾

다음 날 나는 경숙 아주머니의 카페로 들어갈 준비를 시작했다. 집주인 아주머니께는 그간 죄송하고 감사했다고 깊이 사죄드렸다. 옷을 챙기려고 서랍장을 열었더니 장례식 때 쓰였던 아빠의 영정 사진이 눈에 들어왔다. 조심스럽게 한 손으로 액자 속 아빠의 얼굴을 쓸어 보았다.

"아빠, 엄마는 만났어? 나도 엄마랑 아빠 만나고 싶었는데…."

눈물을 훔치고서 웃는 얼굴로 중얼거렸다.

"우리는 조금 더 있다 만나야겠다."

나는 사진을 내려놓고 잠시 방 안을 둘러보았다. 햇볕도 잘 들지 않는 이곳에서 아빠와 단둘이 여러 해를 버티며 살아왔다. 곧 살림살이를 처분하고 나면 지긋지긋했던 이 집과도 안녕이었다. 실제로 물건들을 처리하고 치우는 데는 며칠밖에 걸리지 않았다.

필요한 짐만 챙겨 들고서 이제 다시는 돌아오지 않을 집의 현관문을 마지막으로 잠갔다. 그동안 말썽만 부리던 문은 작별 인사를 해 주듯 한 번에 조용히 잠겼다. 내가 살 때 이랬으면 좋았을 텐데.

떨어지지 않는 무거운 발걸음을 애써 떼어 내며 경숙 아주머니의 카페로 향했다. 저녁 무렵이 되어서야 도착한 나는 카페 앞에 서서 건물을 올려다보았다. 아주머니의 말에 따르면 이 건물은 그녀의 소유로 1층은 카페, 2층은 그녀의 집, 3층은 세를 놓던 공간이었다. 지금은 세입자가 나가고 빈방이 생겼다며 아주머니는 그곳에 들어와 살라고 제안했다. 잘 모르는 사람의 제안을 덥석 받는 게 망설여졌지만, 고민 끝에 결국 함께 살기로 결심했다. 대안이 없었기에.

나는 비장한 각오라도 다지듯 깊게 숨을 들이쉬고 내쉰 뒤 카페 문을 열었다. 많은 사람들로 복작이는 공간 특유의 공기가 훅하고 나를 덮쳐 왔다. 백반집에서 일할 때 이런 공기를 느껴 본 적이 있었다. 카페 안에서는 남녀노소 할 것 없는 손님들이 각자의 테이블에서 도란도란 이야기를 나누고 있었다. 경숙 아주머니는 혼자서 차를 준비하느라 내가 카페 안으로 들어왔다는 사실을 얼른 눈치 채지 못했다.

"어, 왔어요?"

내가 카운터 가까이 다가서자 그제야 나를 힐끗 바라보더니 환하게 웃었다.

"처음 온 날부터 미안한데 보다시피 좀 바빠서. 나 좀 도와줄래요?"

차라리 그게 나을지도. 사람이 많은 공간에 혼자 덩그러니 서 있으려니 어색하고 불편했으니까. 나는 원래부터 여기서 일하던 사람처럼 카운터 안으로 들어가 아주머니의 일을 도왔다. 커피를 내릴 줄도 모르는 초보였지만, 그런 초보도 할 수 있는 일부터 해 나갔다.

밤 9시가 넘어서야 카페 안은 비로소 한산해지고 숨 돌릴 여유가 생겼다.

"도와줘서 고마워요. 덕분에 한시름 놨네."

"평소에도 이렇게 바빠요?"

"늘 그런 건 아닌고 가끔요. 서은 씨는 우선 커피 내리는 법부터 배워야겠어요. 아까 보니까 설거지는 아주 야무지게 잘하던데."

백반집에서 일했던 게 조금은 도움이 되었나 보다.

"내일부터 차근차근 배워 봅시다."

"네."

"그나저나 밥은 먹었어요?"

아주머니의 다정한 물음에 나는 아무 대답도 하지 못했다. 이럴 땐 뭐라고 해야 할까. 안 먹었어도 먹었다고 해야 하는 걸까? 아니면 안 먹었다고? 안 먹었다고 하면 어떤 대답이 돌아올까.

"여태 밥도 안 먹었어요?"

아주머니는 놀란 듯 동그란 눈으로 나를 바라보았다. 역시, 먹었다고 해야 했나.

"안 되겠네."

그 말에 괜히 무안하고 민망해졌다. 마치 밥을 안 먹은 게 큰 잘못이라도 되는 것처럼 느껴졌다. 하지만 그런 감정을 오래 느낄 새도 없이 아주머니는 금세 먹음직스러운 토스트를 하나 만들어 주었다.

"먹어 봐요. 우리 카페의 시그니처 메뉴예요."

나는 토스트를 가만히 바라보았다. 바삭하게 구워진 갈색 테두리의 빵 위에 바닐라 아이스크림 한 덩이가 올라가 있었다.

"왜 안 먹어요? 이런 거 안 좋아해요?"

"…아니요."

나는 망설이다가 작은 목소리로 대답했다.

"먹어 본 적 없어요, 이런 거."

슬쩍 아주머니를 쳐다보자 놀란 표정이 역력했다. 촌스럽게 보였으려나….

"잠깐만 기다려 봐요."

그녀는 테이블에 놓여 있던 칼과 포크를 손에 들고 두툼한 토스트를 먹기 좋은 크기로 잘랐다. 그러고는 아이스크림이 올라간 빵 조각을 포크 위에 얹어 나에게 건넸다.

"자, 이렇게 아이스크림이랑 같이 먹는 거예요. 그러면 훨씬 부드럽고 맛있죠."

그녀가 건네준 포크 위의 빵과 아이스크림을 한입에 넣었다. 잘 구워진 빵 위에 있던 시원한 아이스크림이 사르르 녹으며, 달콤하고 담백한 맛이 입 안 가득 퍼져 나갔다. 달달한 것이 들어가자 비어 있던 배가 더욱 꾸르륵거렸다. 나는 소리를 들키지 않으려 슬쩍 배에 힘을 주었다.

"맛 괜찮아요?"

"네."

왠지 모르게 눈가가 따끔거리고 눈물이 차올랐다. 여느 때와는 다른 의미의 눈물이었다.

"다행이다. 먹고 싶으면 언제든 말만 해요. 내가 또 만들어 줄 테니까."

아주머니의 목소리가 입 안에서 녹고 있는 아이스크림처럼 달콤하게 들렸다.

"감사합니다."

나는 진심을 담아 고개 숙여 인사했다. 그게 무뚝뚝한 내가 할 수 있는 최선의 감사 표현이었다.

카페 영업이 끝난 뒤 경숙 아주머니와 나는 각자의 집으로 향했다. 카페 건물 3층, 그곳이 이제부터 내가 머물게 될 곳이었다. 처음으로 열쇠 대신 번호 키를 누르고 현관문을 열자 꽤 넓고 깔끔한 공간이 나타났다. 곰팡이 핀 벽지도, 누렇게 색이 변한 장판도 보이지 않았다. 물때로 얼룩진 낡은 싱크대 대신 반짝이는 은빛 싱크대가 단정히 놓여 있었고, 그 아래에는 작은 드럼 세탁기까지 딸려 있었다.

천으로 된 이불장 대신 매끄러운 나무 재질의 튼튼한 장이 서 있었고, 잘 열리지 않던 반지하의 시커먼 창문 대신 새하얀 새시가 달린 창문이 커다랗게 나 있었다. 따로 보일러를 켜지 않아도 따뜻한 물이 나왔고 외풍도 없었다. 반지하를 벗어나 이렇게 좋은 환경에서 산다는 건 상상해 본 적 없는 일이었다. 새로운 집, 새로운 잠자리라 잠이 잘 올 것 같지 않았지만 고단했던 탓인지 나는 곧장 잠에 빠져들었다.

다음 날 언제나처럼 일찍 일어난 나는 씻고 옷을 갈아입은 뒤 가뿐한 마음으로 계단을 내려갔다. 카페 오픈까지는 아직 여유가 있어 동네를 한 바퀴 돌아보기로 했다. 골목길을 걷는 동안 아기자기한 상점들과 초록이 무성한 작은 공원, 그리고 예쁘게 정돈된 집들이 눈에 들어왔다. 어제까지 내가 살던 동네와는 전혀 다른, 깨끗하고 조용하며 안전한 느낌이 드는 동네였다. 고장 난 가로등 때문에 밤길을 두려워하지 않아도 되고, 가파른 시멘트 계단을 힘들게 오르내릴 필요도 없는 곳. 여전히 낯설지만 마음이 조금 편해졌다.
산책을 마치고 카페 앞으로 돌아왔을 때, 저 멀리 낯익은 모습이 눈에 들어왔다. 새까만 구두, 긴 코트, 그리고 깊게 눌러쓴 페도라. 저승사자 아저씨였다. 죽었을 때만 나타나는 게 아니었나? 낮에도 볼 수 있는 거였어? 그는 좀 더 젊어 보이는 다른 저승사자와 함께 골목 어딘가로 사라졌다. 그 모습을 바라보다가 카페 안으로 걸음을 옮겼다.

"왔어요?"

경숙 아주머니의 밝은 인사에 나는 어색하게 미소 지으며 고개를 숙였다.

"새벽부터 나가는 것 같던데."

"네, 일찍 눈이 떠져서 동네 한 바퀴 돌고 왔어요."

"그랬구나. 부지런하네."

나는 카페 안을 찬찬히 둘러보았다. 테이블은 창가 쪽 일자 테이블까지 포함해 총 열 개였다.

"커피 내리는 거 지금 배워 볼래요?"

나는 말없이 고개를 끄덕였다.

"이리 들어와요."

아주머니는 커피 원두를 분쇄하는 법부터 차근차근 설명해 주었다. 커피를 추출하는 건 옆에서 볼 때는 간단한 것 같았지만, 막상 해 보니 세심함과 섬세함이 요구되는 일이었다.

"처음엔 어려운데, 하다 보면 노하우가 생길 거예요."

아주머니는 다정하게 말하며 여유 있는 미소를 지어 보였다.

"이제 영업 시작해 볼까요?"

벽에 걸린 시계를 보고 시간을 확인한 아주머니가 말했다. 한 번도 해 본 적 없는 일, 낯선 장소, 낯선 사람. 그럼에도 따스하고 평온한 일상이 시작되고 있었다.
"카페 밖에 걸린 팻말 좀 돌려놔 줄래요?"
"네."
문으로 향하던 나는 잠시 발걸음을 멈추고 고개를 돌렸다.
"저… 아주머니, 아니 사장님."
카운터 너머 경숙 아주머니가 동그란 눈으로 나를 바라보았다.
"말씀 편하게 하셔도 돼요."
내가 수줍게 말을 건네자 아주머니의 얼굴에 환한 미소가 번졌다.
"그래, 서은아."
처음이었다. 아빠 말고 다른 사람의 입에서 나온 내 이름이 그렇게 따뜻하게 들린 건. 나는 웃음을 머금고 카페 밖으로 나갔다. 팻말을 돌리자 'OPEN'이라는 글씨가 나타났다. 꽉 닫혀 있던 내 마음도 조금은 열린 것 같았다.

"송서은, 19세."

이제 막 강물에서 구조된 한 소녀는 의식을 잃은 채 들것에 실려 구급차로 옮겨졌다.

"저 아이도 참 딱하네요. 아이들에게 괴롭힘을 당하는 데다, 부모를 잃고 남은 거라고는 고달픈 가난밖에 없으니."

옆에 서 있던 후배 저승사자가 말했다. 구급차가 멀어지자 나는 그와 함께 대교 위로 걸음을 옮겼다.

"이 다리는 왜 이렇게 매일같이 스스로 목숨을 끊는 인간들이 끊이질 않는지…."

차들이 바삐 달리는 모습을 바라보며 후배가 안타깝다는 듯 중얼거렸다.

"어제도 여기서 죽어 나간 망자가 몇인지 아십니까?"

"…."

"예전보다 살기가 힘들어진 것인지 요즘 스스로 목숨을 끊는 자들이 더 많아진 듯합니다. 그래서 원로 신께서도….."

후배는 말끝을 흐렸다.

"세상은 분명 발전하고 있는데 사람들의 삶은 점점 더 퍽퍽해지고 있는 모양이구나."

나는 잠시 멈춰 서서 대교 너머 도심의 풍경을 바라보았다. 컴컴한 어둠을 환히 밝히는 도시의 불빛들. 속절없이 흐르는 시간 속에서 자신도 모르게 지쳐 나가떨어지는 인간들. 저 불빛들은 결국 보기 좋은 허울일 뿐이었다.

"얼마 전엔 여기서 몸을 던진 사람을 구하려던 이가 죽는 일이 있었죠. 정작 죽으려던 사람은 멀쩡하게 살아나고 말입니다."

"애꿎은 이만 목숨을 잃었구나."

"그러게 말입니다."

나와 후배는 다시 대교 위를 천천히 걸었다.

"참 안타깝습니다. 인간들은 태어날 때 자기가 생을 선택할 수 있는 것도 아닌데, 죽음을 스스로 결정하면 중죄인이 되지 않습니까."

"그것이 천계의 규율이니 어쩔 수 없지."

"선배님은 가만 보면 항상 참 고지식하다니까요."
"네가 감정적인 거겠지."
후배는 더 이상 대꾸하지 않았다.

12월 31일. 찬 바람이 매섭게 불어오는 오늘 또 한 명의 인간이 세상을 떠났다. 하지만 세상은 언제나처럼 아무 일 없었다는 듯 평온히 돌아가고 있었다. 누군가 세상을 떠나도 남은 이들의 생은 그대로 흘러갔다.

"오우, 추워."

후배 저승사자가 몸을 웅크리며 말했다.

"그나저나 선배님은 이제 어디로 가실 겁니까? 오늘 소환할 망자는 모두 보았는데요."

"글쎄…."

"저는 추워서 이만 가 봐야겠습니다."

나는 조용히 고개를 끄덕였다.

"근데 송서은 저 아이는 도대체 언제 소환되는 겁니까?"

돌아서려던 후배가 문득 질문을 던졌다. 얼마 전 원로 신의 명에 따라 스스로 목숨을 끊은 자 중 일부의 소환이 유예되었고, 그로 인해 몇몇 인간들은 '죽어도 죽지 않는 삶'을 살고 있었다. 그 아이도 그중 하나였다. 아마도 다시 소환을 개시하라는 원로 신의 명이 내려오기 전까지 그 아이는 아무리 죽으려 해도 죽을 수 없겠지.

죽으려 해도 죽을 수 없는 삶. 죽지 못한 채 살아가야 하는 삶. 그것은 어쩌면 삶의 끝자락에서 극단적인 선택을 한 자들에게 가장 잔혹한 벌일지도 모른다.

"원로 신께서는 대체 어쩌려고 그러시는 건지. 평생 가난과 고통 속에서 외로이 살던 저 아이가 소환될 때까지 잘 버틸 수 있을지 걱정입니다."

"너는 참 인간에게 관심도 많구나."

"그저 안쓰러워 마음이 쓰이는 것뿐입니다."

"우리는 죽은 자를 천계로 인도하는 저승사자다. 사사로운 감정에 휘둘리거나 인간에게 정을 주는 건 의미 없는 일이지."

"예, 예, 잘 알고 있습니다."

그는 비꼬듯 말했다.

"그런데도 넌 늘 인간의 일에 관심을 가지고 신경을 쓴다니까."

"안쓰러운 걸 어찌합니까. 저승사자도 감정을 느낄 수는 있습니다."

"그런 게 저승사자에게 무슨 의미가 있느냐. 다 쓸데없는 것이지."

"그렇게 말씀하시는 선배님도 망자를 배려해 주신 적이 있지 않습니까?"

나는 짧게 한숨을 내쉬며 고개를 저었다.

"그러니 하는 말이다. 내가 그때 베푼 건 그저 기다림이었지. 망자가 가족과 좀 더 머물 수 있도록. 하지만 남겨진 자들을 혼란스럽게 할 뿐 도움은 되지 않았다. 결국 주제넘은 행동이었던 거지."

"그래서 지금 제가 오지랖이 넓다는 말씀을 하시고 싶은 겁니까?"

"넘치는 감정은 누구에게도 도움이 되지 않는다는 말을 하고 싶은 거다."

나는 단호하게 말했다.

"책임지지도 못할 행동은 시작도 말아야지."

"잘 알겠습니다. 저는 그저 죽은 자를 천계로 인도하는 저승사자일 뿐이니 제 임무에만 충실하도록 하지요. 사, 사, 로, 운 감정은 배제하고요."

그의 말투에는 여전히 비꼬는 기운이 서려 있었다. 나는 그를 더 이상 상대하지 않고 짜증을 누른 채 몸을 휙 돌려 버렸다. 어디선가 매서운 바람이 불어와 깊게 눌러쓴 모자를 흔들었다. 저승사자란 원래 그런 존재였다. 인간의 죽음 앞에서는 무력한 존재. 그저 죽음을 지켜보고 죽은 자를 인도하는 것만이 우리가 할 수 있는 유일한 일이자, 우리에게 주어진 유일한 사명이었다.

나는 후배를 뒤로하고 그 아이를 싣고 떠났던 구급차를 뒤쫓았다. 위잉 위잉. 요란한 사이렌을 울리며 구급차가 응급실 앞에 멈춰 섰고, 구급 대원들은 숨 돌릴 틈도 없이 들것에 누워 있는 환자를 병원 안으로 옮겼다.

"수어사이드(suicide, 자살) 의심 환자입니다. 강물에서 구조되었으며 현재 어레스트(arrest, 심정지) 상태입니다."

정신없는 응급실 안. 누군가는 고통을 호소하고, 누군가는 의식불명 상태에 빠져 있고, 또 누군가는 의사에게 매달리기도 하며 저마다 생과 사의 갈림길에서 고군분투하고 있었다. 그리고 이 모든 모습을 지켜보는 나는 죽은 자들을 데려가는 어둠의 저승사자였다.

나를 보지 못하는 이들 사이를 걸어 그 아이에게로 갔다. 삐이이익. 심박 모니터 화면에 일직선으로 뻗은 선이 그려지자 의료진들은 단숨에 응급처치에 돌입했다.

"송서은 환자, 현재 심정지 상태. CPR(Cardio Pulmonary Resuscitation, 심폐소생술) 시작합니다!"

의사 중 한 명이 '컴프레션(compression, 압박)'을 외치며 온 힘을 다해 그 아이의 가슴 중앙을 압박했다. 그렇게 몇 번을 반복해도 모니터 화면 속 일자로 곧게 뻗은 선은 좀처럼 정상적인 본래의 모습으로 돌아올 기미를 보이지 않았다.

"그 아이는 이미 죽었다."

나는 아무도 듣지 못할 혼잣말을 중얼거렸다. 아무리 응급처치를 해 봐도 의식이 돌아오지 않는 그 아이를 바라보며 얼마 전 천계에서 있었던 일을 떠올렸다.

그러니까 그건 새하얀 구름 위, 푸른 하늘에서 내가 아주 오랜만에 원로 신의 얼굴을 뵈었던 날이었다. 하얀 백발에 길고 흰 턱수염이 덥수룩한 원로 신은 큰 시름에 잠겨 있었다. 책상 앞에 앉은 그의 얼굴에 새겨진 주름이 여느 때보다 깊어 보였다.

"도대체가 이놈의 일은 해도 해도 끝이 보이질 않아!"

산더미처럼 쌓인 서류에 파묻힌 채 원로 신이 소리쳤다.

"이쯤 되면 진짜 때려치우고, 다른 일을 시켜 달라고 해야겠어."

"그건 안 됩니다, 원로 신."

원로 신을 모시는 신하 천명이 정중히 말했다. 그는 20대 중반의 청년이 보일 법한 늠름함을 지니고 있었다.

"왜 안 돼? 내가 한다면 하는 거지!"

"아시다시피 천계에서 가장 오래된 신이 원로 신이시잖습니까. 망자 명부 관리를 총괄하는 일을 원로 신이 아니면 누가 맡겠습니까?"

"천계에 신이 나밖에 없는 것도 아니고 누가 하면 어떤

가? 아, 그렇지! 나 다음으로 오래된 2대 신에게 시켜도 되겠구먼."

원로 신의 철부지 같은 소리에 천명은 한숨을 내쉬었다.

"천명의 말대로 망자 명부 관리를 총괄하는 것은 원로 신의 일이 아닙니까? 그러니 힘들어도 감당하셔야지요."

긴 백발에 꼿꼿한 자세, 차분하고도 여유로운 분위기. 자애로운 할머니 같은 얼굴에 미소를 머금은 2대 신이 원로 신의 방으로 들어서며 말했다.

"아, 몰라 몰라."

원로 신이 마치 떼쓰는 아이처럼 투덜거렸다.

"자네는 맨날 놀지 않는가? 왜 나만 이렇게 끝도 보이지 않는 일을 해야 하는 건지 모르겠어. 내가 제일 큰 벌을 받고 있는 것 같아."

그 말에 2대 신은 부드럽게 웃었다.

"저는 천계의 망자 관리를 총괄하는 신입니다. 그런 제가 놀 리가 있겠습니까?"

"몰라, 모르겠고. 나 그냥 다른 부서로 발령해 줘. 이러다가 과로사하겠어."

"신은 이미 죽은 자도, 산 자도 아닙니다."

천명이 원로 신의 말을 차분히 받아넘겼다.

"진짜 죽을 것 같단 말이야. 과로사하고 싶지 않다고!"

"그러니까 신은 이미 죽은 자도, 산 자도 아니라니까요."
"아니면…."
원로 신의 표정이 순간 진지해졌다.
"망자 일부의 소환만이라도 뒤로 미루도록 하지."
뜻밖의 발언에 그 자리에 있던 모두가 놀란 눈으로 원로 신을 바라보았다.
"그러면 내 업무가 조금은 줄지 않겠나?"
"하지만 원로 신…."
이번에는 2대 신이 나섰다.
"그렇게 하면 신이 인간의 생사에 관여하는 것이 됩니다. 인간계에 혼란이 올 수도 있다고요."
다들 그 말에 동의하는 듯 고개를 끄덕였다.
"눈에 띄지 않게, 아주 소수만 조정하는 거라면 괜찮지 않겠는가?"
원로 신이 반박했다.
"요즘 인간 세상이 각박해진 거 자네들도 알지 않나. 스스로 생을 내려놓는 이들이 수도 없이 늘어나고 있어. 가만히 있어도 비명횡사하기 일쑤인데, 목숨을 버리기까지 하니 내 업무가 미어터질 수밖에 없지."
"하지만 원로 신, 정말 잘 생각하셔야 합니다."
천명이 조심스레 원로 신을 말려 보았다.

"전부 다 미루는 것도 아니고, 일부만 잠깐 늦추자는 건데 크게 문제가 되겠나? 결국 죽을 이들은 다 죽을 텐데 뭐가 문제인가?"

"그렇다 해도, 소환이 뒤로 밀린 자들에게 어찌 설명하시려고요."

2대 신도 나서서 말려 보았다.

"인간 세상에는 '기적'이라는 단어가 있지. 죽다 살아난 경우도 그렇게 여기면 그만이지 않겠는가?"

"그럼 나중에 소환될 때는 뭐라고 하실 겁니까?"

천명이 되물었다.

"인간의 죽음 중에는 또 그런 게 있지. '갑작스러운 죽음'이란 게."

원로 신의 방 한쪽에 자리 잡고 있던 나는 걱정스러운 한숨을 내쉬었다.

"어차피 스스로 목숨을 끊은 자들은 천계에 와도 중죄인이야."

"그러니깐요. 삶에 지쳐 자기 생명을 포기한 자들이 중죄인이 된다는 것도 가혹한데, 죽지 못하는 삶은 더 가혹한 것이 아닙니까?"

천명이 근심 어린 얼굴로 반문했다.

"인간의 삶은 본래 고독하고 고통스러운 것이지. 즐거워서, 살고 싶어서 사는 인간이 얼마나 되겠느냐? 그럼에도 <u>스스로</u> 삶을 포기한다는 것은 누구나 짊어지고 있는 고통의 무게를 피해 도망치겠다는 것이니, 그 죄를 엄히 다스릴 만도 하지. 그리고 무엇보다….”

잠시 뜸을 들이던 원로 신은 손깍지를 끼고 그 위에 턱을 괴더니 눈을 가늘게 떴다.

“그자들 때문에 내 일이 더 늘어났어. 안 그래도 바빠 죽겠는데 말이야!”

모두들 한심한 눈초리로 그를 바라보았다. 저 망할 신.

“그럼 소환을 뒤로 미룰 자들은 어찌 정합니까? 일부를 정하는 기준은요?”

천명이 물었다.

“그건… 명부를 작성하는 자들에게 맡기지. 알아서들 잘 할 걸세.”

원로 신이 흐뭇한 미소를 지으며 말했다.

“죽을 때 생긴 상처는 어쩝니까?”

이번에는 잠자코 있던 내가 물었다.

“소환이 될 때까지는 어떻게든 세상에 남아 살아가야 할 테니, 그건 모두 사라지게 해 주지. 멀쩡한 사람과 다를 바 없어 보일 거야.”

“말 그대로 속임수군요. 인간의 눈에는 보이지 않는.”

"맞아. 하지만 소환의 때가 다가오면 죽기 직전의 고통들이 모두 되살아날 걸세. 그 고통이 얼마나 끔찍했는지 다시 뼈저리게 느끼게 될 거야."

"잔인하네요."

천명이 중얼거리듯 말했다.

"송서은 환자 바이탈 사인(vital sign, 활력 징후)이 정상으로 돌아왔습니다!"

일직선이던 모니터 화면의 선이 서서히 정상 흐름을 찾기 시작했고, 의료진들도 긴장된 어깨를 풀고 안도하는 듯 보였다. 나는 아직 의식이 돌아오지 않은 그 아이를 멀찌감치서 조용히 지켜보았다. 어깨까지 내려오는 새까만 머리카락, 살았다 해도 죽은 거나 다름없는 핏기 없는 창백한 얼굴. 가녀린 몸에 비해 한참 커 보이는 환자복을 입은 그 아이는 병원 침대에 누워 고요히 잠들어 있었다.

"환자분, 괜찮으세요?"

얼마쯤 지났을까. 간호사의 목소리에 그 아이가 살며시 눈을 뜨는 것이 보였다. 아이의 상태를 살피던 의사와 간호사가 자리를 잠시 비운 사이, 천천히 주위를 둘러보던 그 아이의 시선이 나와 마주쳤다. 내가 저승사자라는 걸 알고 있는 걸까? 아이는 곧 다시 눈을 감았다.

그 후에 의식을 완전히 되찾은 아이는 멀쩡한 상태로 병원 응급실을 나서게 되었다. 하지만 자신이 죽지 않고 여전히 살아 있다는 사실을 인정할 수 없는 듯했다. 집에서 가위로 손목을 긋고, 동네 편의점 근처 계단에서 구르기도 했다. 그러나 그 아이의 시간은 멈추지 않고 계속 흘러갔다. 그럴 수밖에 없지. 그것이 신의 명이니. 그리고 그날 밤도 마찬가지였다.

"아저씨…."

전보다 더 가파른 계단에서 굴러떨어진 그날, 상처투성이가 된 채 내 발밑에서 힘겹게 숨을 내쉬면서도 그 아이는 여전히 죽고자 했다.

"너는 어째서 그렇게 죽음이 간절한 거지?"

내 물음에 아이가 답했다. 그저 쉬고 싶다고, 이제 그만 다 내려놓고 싶다고. 그렇게 말하는 아이의 애절한 눈빛을 본 순간 마음이 동요하기 시작했다. 그 마음을 어떻게 설명해야 할지는 잘 모르겠지만. 아이는 죽고 싶어도 죽을 수가 없다고 처절하게 말하며 내 손을 붙잡고 나를 지지대 삼아 천천히 몸을 일으켜 세웠다. 그런데… 자신의 손을 잡은 사람이 있었던가? 아이의 차가운 기운이 내 차가운 손에 더해졌다.

"아저씨, 제발 나 좀 데려가 줘요."

아이는 날 무서워하지도 두려워하지도 않았다. 그저 간절히 자신을 데려가 주기를 바랄 뿐. 이상하게 마음이 뜨거워졌다. 죽고 싶어 하는 이들을 숱하게 봐 왔는데도 유독 그 아이가 마음을 욱신거리게 했다.

아이가 잡고 있지 않은 다른 손을 뻗어 머리 위에 얹었다가 살며시 눈을 덮었다. 잠시나마 아이가 평온하기를 바랐다. 그렇게 잠이 든 아이를 집으로 데려와 차갑고 딱딱한 방바닥 위에 포근한 이불을 깔고 조심스레 내려놓았다. 나는 5만 원짜리 지폐 한 장과 경숙의 카페 주소가 적힌 쪽지를 남겨 두고 집을 나왔다.

☾

"송서은 그 아이, 한경숙의 카페에서 잘 지내는 것 같습니다."

그 아이의 행방을 확인한 후배가 소식을 전했다.

"근데 저한테는 사사로운 감정에 얽매여 책임지지도 못할 일은 하지 말라고 해서 놓고 선배님은 왜 그 아이를 도와주시는 겁니까?"

"그 아이는 이미 죽었다. 내가 사명을 다해 데려가야 하는 아이지. 그렇다면 소환되기 전까지는 덜 고통스러운 편이 좋지 않을까 싶구나."

"그러니까 그 아이에게 그렇게 마음을 쓰시는 이유가 뭐냐고요?"

그의 물음에 나를 붙잡으며 자신을 데려가 달라고 간절히 애원하던 아이의 모습이 떠올랐다. 핏기 없는 얼굴, 독기와 외로움이 뒤섞인 눈빛, 가난의 고단함이 고스란히 배어 있던 손. 나를 붙잡던 그 손을 차마 뿌리칠 수가 없었다.

쾅! 갑작스런 차량 충돌음과 사람들의 외마디 비명이 주변을 뒤덮었다. 시커먼 연기가 피어오르고, 버스를 비롯한 여러 대의 차량이 얽히고설켜 왕복 10차선 도로는 그야말로 아수라장이 되었다.

"살려 주세요! 살려 주세요!"

순식간에 공포와 혼란에 휩싸인 사람들은 살기 위해, 그리고 누군가를 살리기 위해 애쓰고 있었다.

"안타깝네요. 저렇게들 애쓰는데 살 수도, 살릴 수도 없다는 게."

"인간의 숙명이니 어쩔 수 없지. 예측할 수 없는 사고를 신이 어찌 막을 수 있겠는가."

후배의 말에 덤덤한 척 대꾸했지만 사실 나도 매일 맞닥뜨리는 인간의 죽음이 아무렇지 않은 건 아니었다. 누군가의 죽음을 무감정하게 받아들이는 건 생각보다 꽤 노력이 필요한 일이었다.

"망자가 꽤 많은가 봅니다. 저승사자들이 저리 많이 모인 걸 보니."

대낮임에도 불구하고 시커먼 저승사자 무리가 참혹한 사고 현장에 속속 도착해 자리를 잡고 있었다.

"제발, 제발 살려 주세요!"

그때 한쪽에서 어느 망자의 절절한 외침이 들려왔다. 젊은 남자였다. 무릎을 꿇고 저승사자의 옷자락을 부여잡은 채 애원하고 있었다.

"저는 살아야 해요. 집에서 아내랑 어린 아기가 기다리고 있단 말이에요. 살려 주시면 뭐든 다 할게요."

울부짖는 그의 모습에 후배가 안타깝다는 듯 작게 혀를 찼다.

"저자는 어찌 젊은 나이에 저렇게 됐을까…."

하지만 망자의 애원에도 저승사자들은 그를 단호히 제지하며 일으켜 세웠다.

"같이 수습 시절을 보냈던 동기가 생각나네요. 그 친구는 저승사자임에도 마음이 참 약했죠. 하루는 망자가 그렇게 울며불며 사정하더랍니다. 자기가 죽으면 연로한 노모가 세상에 혼자 남겨진다고요. 고심 끝에 그 친구는 결국 망자를 놓아주었어요."

"그래서 어찌되었나."

"아주 크게 혼이 났죠. 자신에게 배정된 망자를 어떻게 해서든 꼭 천계로 인도하는 것이 저승사자의 일 아닙니까. 근데 그 일을 제대로 해내지 못했으니."

나는 고개를 끄덕이며 시선을 떨구었다.

"어쩌면 그 친구에게는 기약 없는 세월 동안 망자를 인도해야 하는 게 최고의 벌이었을지도 모릅니다. 그래서인지 천계에서는 그 친구한테서 저승사자 자격을 박탈하지 않고 계속 그대로 두더군요."

"가혹한 일이군."

"그러고 보면 저승사자라는 것 자체가 죽은 이에게 내려진 최고의 형벌이 아닌가 싶기도 합니다. 언제까지 이 일을 해야 하는지도 모른 채 망자를 천계로 인도하는 것이 우리 저승사자들의 숙명이 아닙니까."

그럴지도 모르겠다고 나는 생각했다.

"매일같이 죽은 이들만 보는 저승사자를 누군가 그렇게 부르기도 하더군요. '죽음을 걷는 저승사자'라고."

"죽음을 걷는 저승사자라…."

"그나저나 저 가족이 맞죠? 우리가 인도해야 할 망자들."

후배의 시선을 따라가자 하얀 차 한 대에서 남자와 어린 아이의 영혼이 빠져나오는 것이 보였다. 우리는 걸음을 옮겨 그들 앞으로 다가갔다.

"저… 죽은 겁니까? 제 아들도요?"

아빠 망자가 놀란 눈으로 나를 바라보며 물었다.

"그렇게 됐습니다."

어린 아들의 손을 꼭 붙잡은 아빠 망자가 아직 차 안에 있는 아내를 들여다보았다. 그녀는 피로 물든 얼굴을 핸들에 기댄 채 두 눈을 감고 있었다.

"제 아내는 사는 거죠?"

"망자 명부에 없으니 그럴 겁니다."

들고 있던 명부를 다시 한번 확인하고 후배가 대답했다.

"아빠, 나 무서워…."

우리의 대화를 듣고 있던 망자의 아들이 갑자기 울음을 터트렸다.

"괜찮아. 아빠랑 같이 가는 거야. 이제 무섭지 않아."

아빠 망자는 애써 슬픔을 감추고 침착한 어조로 울고 있는 아이를 다독였다. 나는 말없이 그들을 지켜보았다.

"우리 엄마한테 인사하자."

아내에게, 그리고 엄마에게 작별을 고할 준비를 마친 부자는 홀로 남겨질 그녀가 너무 오랫동안 슬퍼하지 않기를 바라는 마음을 전하고 우리를 따라 나섰다.

"아빠, 우리 다시 엄마하고 만날 수 있어?"

"그럼. 간절히 바라면 이루어진다잖아. 우리가 매일 기도하면 언젠가 꼭 만날 수 있을 거야."

저 멀리 천계로 향하는 길이 모습을 드러냈고, 후배와 나는 그 입구에 서서 부자에게 길을 안내했다.

"여기서부터는 아드님과 둘이서 가시면 됩니다."

아빠 망자가 고개를 끄덕였다. 손을 꼭 맞잡은 부자의 뒷모습이 점점 멀어지는 것을 바라보고 있자니 가슴이 아려 왔다.

"참 안타깝습니다. 갑작스러운 사고가 행복했던 가족을 이리도 한순간에 박살 내다니."

나는 착잡한 마음으로 긴 한숨을 내쉬었다.

"소중한 아이와 남편을 다 떠나보내고 세상에 홀로 남은 여자의 심정은 또 어떨까요…. 그러고 보니 경숙 그자도 이렇게 가족을 잃었죠?"

후배의 말에 나는 자연스레 그녀를 처음 만났던 날을 떠올렸다.

내가 한경숙을 찾아갔을 때 그녀는 집 안방 침대에 머리를 산발한 채 앉아 있었다. 방바닥에는 목을 매는 데 사용했던 듯한 꽤 단단해 보이는 동그란 모양의 줄 하나가 떨어져 있었다. 그녀는 한참 동안 넋 나간 얼굴로 어딘가를 멍하니

보다가 뒤늦게 기척을 느낀 듯 나에게로 시선을 돌렸다.
"당신 누구야."
힘이라곤 없는 잔뜩 처진 목소리였다.
"지금은 아무리 죽으려 해 봤자 세상을 떠날 수 없네."
몇 날 며칠 펑펑 울기만 했는지 눈이 통통 부은 그녀에게 나는 대답 대신 다른 말을 꺼내 놓았다.
"그게 무슨 소리야?"
"말 그대로일세. 아무리 죽으려 해도 살 수밖에 없다는 뜻이지."
"당신이 뭔데 나한테 그런 말을 하는 거야."
그녀는 나를 쏘아보며 천천히 몸을 일으켜 세웠다. 그녀의 목에 난 선명한 줄 자국이 눈에 들어왔다.
"대체 누구길래 내가 죽을 수 없네, 살 수밖에 없네 그런 헛소리를 지껄이는 거야."
나는 그녀를 지그시 바라보았다.
"당신이 뭔데! 대체 뭔데!"
"자네를 데려가야 하는 저승사자."
순간 그녀의 얼굴에 놀란 기색이 떠올랐다.
"근데 왜 날 안 데려가. 날 데려가야 한다며."
"신의 명일세."
"신의 명?"

그녀가 눈살을 찌푸리며 되물었다.

"신의 명이 뭔데? 죄 없는 내 가족은 그렇게 한꺼번에 데려가 놓고 나는 데려오지 말래? 왜, 왜, 왜!"

그녀가 발악하듯 소리쳤다. 누구도 그녀를 위로할 수 없다는 걸 알기에 나는 묵묵히 그녀의 화를 받아 주었다.

"어떤 신이 그래. 어떤 신이! 당장 데려와. 내 앞에 데려오란 말이야!"

그녀는 울부짖으며 방바닥에 털썩 주저앉았다.

"가족들은 잘 있을 테니 너무 염려하지 마시게."

내가 해 줄 수 있는 말은 그저 그뿐이었다. 한동안 울음을 이어 가던 그녀가 얼빠진 표정으로 침대에 기댔다.

"그날은…."

그러고는 자신의 이야기를 시작했다.

"남편하고 딸아이하고 같이 외식을 하러 나가던 길이었는데, 날씨도 좋고 특별히 평소와 다를 바가 없었어…."

그녀가 말을 멈추면 시계 초침 소리만이 방 안을 울렸다. 그 재깍이는 소리가 가족의 부재를 더욱 부각시키는 듯했다.

"그 평범하고 좋았던 날 내가 운전하지만 않았더라면 사고는 일어나지 않았을 거야. 다 나 때문이야."

"자네 탓이 아닐세. 그건 어쩔 수 없는 사고였지."

"아니야. 운전대를 잡은 내가 무서운 속도로 달려오던 그

차를 피하기만 했어도 그렇게 될 일은 없었을 거야. 바보같이 내가 못 피했어. 그걸 피하기만 했어도….”

"돌이킬 수 없는 사고를 본인의 탓으로 돌리면 마음이 조금 편안해지나?"

"당신은 몰라."

그녀가 멍한 눈으로 중얼거렸다.

"인간 세상에서 벌어지는 사고는 신도 어쩔 수 없는 일이라네. 그러니 자네가 어떻게 막을 수 있었겠나."

"아니, 막을 수 있었어. 어떻게든 막아야만 했어."

"세상에는 내 의지대로 할 수 있는 일과 할 수 없는 일이 있는 법이지. 그날 사고는 자네가 어찌할 수 없는 일이었어."

그녀의 눈에서 다시 눈물이 새어 나왔다.

"가족들이 너무 보고 싶어. 나 좀 데려가 주면 안 돼? 가족들한테 나 좀 데려다줘."

원치 않은 사고로 한순간에 가족을 잃어 버린 안타까운 사정을 생각하면 나 역시 그녀의 부탁을 들어주고 싶었다. 하지만 그녀는 죽어도 지금 당장 소환될 수 없었고, 천계로 소환된다 하더라도 스스로 목숨을 끊은 이는 중죄인에 해당하니 죽어서도 가족을 만날 수 없는 것이 천계의 규율이었다.

"제발, 제발 가족들을 한 번만이라도 보게 해 줘."

무릎을 꿇은 채 울며불며 매달리고 사정하는 그녀에게

내가 해 줄 수 있는 일은 아무것도 없었다.

"저승사자라면서 왜 데려가지도 않고 가족도 못 보게 하는 건데. 신이 도대체 무슨 명을 한 건데!"

"스스로 목숨을 끊은 이는 천계에서 중죄인에 속하지. 그대의 죽음은 그대가 선택한 것이니 신에게 불평할 권리도, 무언가를 바랄 권리도 없네."

결국 나는 야속한 말을 꺼낼 수밖에 없었다.

"그럼 내 가족은? 하루아침에 사고로 세상을 떠난 내 가족은! 날 못 데려가겠으면 불쌍한 내 남편, 내 아이라도 돌려놓으라고 해!"

"…."

"신이 가족을 잃은 슬픔을 알아? 아무것도 모르면서 어떻게 그렇게 매정하기만 해?"

나는 시선을 떨어트렸다.

"사람이라면 절대 못 그래. 신이니까 모르는 거야. 자식 잃은 부모의 슬픔도, 남편 잃은 아내의 슬픔도. 살아 보지 않았으니까 모르는 거라고! 신도 막상 살아 보면 다를걸?"

그녀는 속사포처럼 설움을 토해 냈다.

"신은 인간들이 얼마나 치열하게 사는지, 얼마나 고통 속에 사는지, 얼마나 아프게 사는지 전혀 모르잖아! 자기들은 맨날 뒷짐지고 구경만 하면서 왜 늘 인간에게만 견디래?"

"신이 인간세계에서 벌어지는 모든 일에 다 관여할 수 있는 것은 아닐세."

잔뜩 흥분한 그녀에게 나는 차분히 말했다.

"다만 신도 인간의 아픔을 함께 아파하고, 슬픔을 함께 슬퍼하지. 허나 그렇다고 해서 신이 모든 인간을 다 헤아릴 수는 없어. 신에게도 어쩔 수 없는 일이 있는 거라네."

"그러면 신이 뭐하러 있는 건데."

"신이 인간을 돕기 위해 존재하는 건 아니니, 도와주지 않는다고 신의 의무를 저버린 것은 아니지."

"결국 자기들 멋대로인 거잖아."

그녀가 쓴웃음을 지으며 말했다.

"스스로 목숨을 끊은 이가 천계에서 중죄인인 것도 그냥 신이 멋대로 그렇게 정한 거 아니야?"

"인간에게 주어지는 고통의 무게는 다를지언정, 고통을 짊어지지 않고 살아가는 인간은 없지. 그 많은 인간들이 다 스스로 목숨을 버리지는 않으니, 자신의 사명을 다하지 못하고 천계로 온 인간을 신이 어찌 공평하게 대할 수 있겠나."

"공평?"

그녀가 비웃는 듯한 표정을 지었다.

"인간에게 주어지는 고통의 무게가 다르다며. 그러니까 애초에 신은 인간에게 공평하지 않다는 거잖아. 근데 왜 죽음에는 공평한 척이야?"

"다른 날, 다른 시각에 태어나 각자 다른 삶을 살아가는 수없이 많은 인간을 어찌 신이 하나하나 공평히 대할 수 있겠는가. 운명은 스스로 타고나는 것, 태어나는 것은 인간에 의한 것. 그렇다면 신이 좌지우지할 수 있는 것은 무엇이 있겠는가."

"그래서 죽음엔 공평하다?"

"정확히 말하면 이미 세상을 떠난, 죽은 이들에 대함이겠지. 산 사람의 삶에 관여할 수는 없으나 죽은 자들에게는 관여할 수 있으니."

"허! 웃기시네."

"죽지 못해 살아야 한다면 그 시간 동안은 스스로를 괴롭히지 말고 사시게. 살아 있는 것 자체가 고통이니 일부러 더 스스로를 괴롭힐 이유는 없지 않겠는가."

그녀는 눈물을 글썽이며 입을 굳게 다물었다.

"선배님!"

후배의 목소리에 기억에서 빠져나왔다.

"무슨 생각을 그렇게 하십니까?"

"아니다. 아무것도."

"어서 가시죠. 오늘 인도해야 할 망자가 한 명 더 남았습니다."

후배가 길을 재촉했다.

"지금 가는 곳은 마침 서은이 그 아이가 살던 동네입니다."

서둘러 발걸음을 옮긴 우리는 서은이 떠난 지 얼마 되지 않은 옛 동네에 도착했다.

"이 동네는 참 삭막합니다. 금방이라도 귀신이 튀어나올 것 같고, 누가 죽어도 아무도 모를 분위기예요."

나는 주변을 빙 둘러보았다. 낡디낡은 집들, 군데군데 페인트칠이 벗겨진 녹슨 대문들, 금이 가거나 기울어진 담장들. 후배의 말대로 을씨년스러운 기운이 동네를 가득 메우고 있었다.

"그 아이도 참 대단하네요. 이런 음침한 동네에서 수년을 버텼다니. 가로등도 잘 안 들어온다던데."

"그러게 말이구나."

"그나저나 망자의 눈에 저승사자가 보인다고 해서 그 사람이 죽은 영혼을 다 보는 건 아닌 것 같더라고요. 지난번에 어떤 저승사자가 그러더군요. 자신은 알아보는데 다른 죽은 이의 영혼은 보지 못하더라고."

"다행인 건가…."

"하긴. 저 같아도 세상 귀신이 다 보이면 놀라 자빠져 심장이 남아나지 않을 것 같기는 합니다. 으악!"

갑작스런 후배의 비명 소리에 고개를 돌렸다. 저 앞에 피투성이 젊은 여자가 서 있었다. 사람은 아닌 듯하고, 처녀귀신인가?

"보십시오, 선배님. 저승사자인 저도 이렇게 매번 놀라는데 하물며 인간들은 어떻겠습니까?"

후배는 놀란 가슴을 쓸어내리며 말했다.

"쳐다보지 마십시오. 괜히 엮였다간 피곤해집니다."

나와 눈이 마주치자 그녀가 흠칫 놀란 표정으로 발걸음을 돌렸다.

"걱정할 것 없다. 어차피 망자에게도 저승사자는 기피 대상일 뿐."

"아, 그렇죠."

이제야 그 사실을 알게 되기라도 한 듯 후배가 연신 고개를 끄덕였다.

얼마쯤 더 걸었을까. 드디어 도착한 망자의 집 앞에서 발걸음을 멈추었다.

"이 집이군요."

나는 말없이 고개만 끄덕였다. 문을 열고 들어간 조촐한 단칸방 차가운 방바닥 위에 할아버지 한 분이 누워 있었다. 혼자 떠들고 있는 낡은 텔레비전이 홀로 맞이한 죽음을 더욱 쓸쓸해 보이게 했다. 곧 할아버지의 몸에서 영혼이 빠져

나왔고, 망자가 된 그는 혼란스러운 눈빛으로 물었다.
"죽은 건가?"
"그렇습니다."
할아버지는 누워 있는 자신의 몸을 한 번 돌아보았다.
"이렇게 가네…."
새하얗게 센 머리카락, 깊게 패인 주름들, 슬픔이 어른거리는 눈빛. 얼마나 오랜 세월을 혼자 외로이 살아왔을까.
"장영춘, 84세."
후배가 망자 명부를 확인하며 그의 이름과 나이를 읊는 동안 나는 그에게 예를 갖춰 고개 숙여 인사했다.
"가기 전에 담배 한 대 피우고 싶구먼."
"죽은 영혼은 담배를 피울 수 없습니다."
내 말에 할아버지는 아쉬운 듯 짧은 탄식을 뱉었다.
"그나저나 내 시체를 누군가 발견해 줘야 할 텐데…."
"앞집에 사는 분이 발견하고 신고해 드릴 겁니다. 그리 오래 걸리진 않을 테니 안심하십시오."
후배가 부드럽게 말을 건네며 그를 다독였다.
"혼자 왔다 혼자 가는 게 인생이라지만 나는 참 외롭게 떠나는구려. 아내도 자식도 없이 쓸쓸하게 이렇게. 요즘 고독사하는 노인들이 많다더니 내가 그중 하나였어."
할아버지는 씁쓸한 얼굴로 방 안을 휘둘러보았다.

"갑시다, 이제. 이 단칸방도 영원히 안녕이네."

그가 살아온 삶의 고단함을 짐작케 하는, 좁고 낡은 방에 짙게 밴 퀴퀴한 냄새가 밖으로 걸어 나오는 그를 따라 퍼져 나왔다.

"가시죠."

나는 후배와 함께 할아버지 망자를 천계로 인도했다.

☾

"안 간다고 이 자식들아!"

후배와 함께 인도해야 할 망자를 데리러 나선 길이었다. 목적지에 거의 다 와 가는데 어디선가 카랑카랑한 할머니의 목소리가 들려왔다. 골목 모퉁이를 돌아 보니 이층집 대문 앞에서 저승사자 둘과 할머니 한 명이 씨름을 벌이고 있었다.

"저 망자인가?"

옆에 서 있는 후배에게 물었다.

"네, 꽤 유명한 망자입니다. 가실 때가 지났는데도 안 가고 저러시는 게 벌써 3년째랍니다."

"3년째?"

대단한 인간이로군. 나는 아직도 기운이 팔팔한 백발의 할머니 망자를 지켜보았다. 그녀는 대문 앞에 서서 저승사자들의 멱살을 붙잡고 모자를 내팽개치는 등 그들을 따라가지 않기 위해 있는 힘껏 저항하고 있었다.

"네놈들이 날 이길 수 있을 것 같아? 어림도 없지. 아직 한참 더 살 수 있다는데 왜 자꾸 데려가지 못해서 안달이야!"

목청만 보아도 한 10년은 더 살 수 있을 것 같기는 했다.

"삶에 대한 애착이 너무나 강해서 지금껏 어떤 저승사자도 데려가지 못했답니다."

할머니한테 쩔쩔매는 모습을 보니 이번에 찾아온 저승사자들도 예외는 아닌 모양이었다.

"그러고 보면 대단하긴 합니다. 본인 의지로 죽음을 뒤로 미루고 계시니. 가족들도 처음엔 할머니가 죽다 살아나니 기적이라고 했는데, 이젠 그냥 또 저승사자 물리치고 깨어나시겠거니 한답니다."

이제 할머니는 둘 중 한 저승사자의 머리카락을 양손으로 쥐어뜯고 있었다.

"불쌍하군요."

고개를 저으며 후배가 말했다.

"저들은 저승사자가 된 지도 얼마 되지 않은 걸로 알고 있는데 저리 수난을 당하다니. 그냥 돌아갈까요?"

후배가 나를 보며 물었다.

"골치 아프군."

나는 깊은숨을 내쉬었다. 그러고는 잠시 마음을 가다듬은 뒤 할머니에게로 향했다.

"이 재수 없는 것들아! 너희들이 그러고도 무사할 거 같아? 이 사람 잡아먹는 것들!"

그렇게 말한 할머니가 타깃을 바꿔 다른 저승사자에게 손을 뻗치려는 순간 나는 망자의 팔을 덥석 잡았다.

"저승사자는 인간이 이리 함부로 대할 수 있는 존재가 아니다."

"썩을!"

할머니 망자가 욕을 내뱉는 동시에 오른발로 내 허벅지 안쪽을 강타했다. 숨을 쉴 수 없는 고통이 밀려들었다.

"산전, 수전, 공중전 다 겪은 인간을 너희들이 무슨 수로 이기냐?"

"할머니, 이러지 마시고 차분히 대화 좀 나누시죠."

옆에 있던 후배가 나서며 할머니를 진정시켜 보았다.

"차분히 같은 소리 하고 있네."

할머니는 코웃음을 쳤다.

"옥황상제인지, 염라대왕인지 너희 대장한테 가서 전해! 난 안 간다고. 아니 난 못 간다고!"

"할머니…."

"아, 썩 꺼져! 재수 없으니까는."

망자는 끝까지 막무가내였다.

"저는 못하겠습니다. 죄송합니다."

아까 머리를 쥐어뜯긴 저승사자가 땅바닥에 떨어져 나뒹굴던 모자를 주우며 울먹이듯 말했다.

"저도 못하겠습니다. 맨날 죽어 나가는 인간들 보는 것도 힘든데 인도해야 할 망자가 저리 드세기까지 하니. 진짜 저승사자도 못 해 먹겠습니다."

그렇게 두 저승사자가 도망치듯 떠나고 그 자리에 남겨진 후배와 나는 서로 눈짓을 주고받았다.

'아무래도 저희 둘로는 안 될 것 같죠?'

'그럴 것 같다.'

'갈까요?'

'일단 후퇴.'

내 고갯짓과 동시에 우리는 조용히 발걸음을 돌렸다. 이로써 할머니 망자의 소환은 내년으로 미뤄지게 되었다. 정말 지독한 할머니 같으니라고.

그런데 이와 비슷한 일이 며칠 후에 또 일어났다. 이번에는 경숙의 카페 근처에서였다. 술이 잔뜩 취한 남자 몇 명이 갑작스럽게 죽는 바람에 망자가 되었는데, 인사불성이어서 자신들의 죽음을 받아들이지 못하고 있었다. 망자 하나가

혀 꼬부라진 소리로 말했다.

"이 새끼들아 내가 갈 거 같아? 너희들이 저승사자면 나는 염라대왕이다! 하하하!"

"조용히 안 해!"

한 저승사자가 근엄한 목소리로 소리쳤다.

"야, 그렇게 시커멓게 하고 있으면 뭐 내가 무서워할 거 같아? 눈을 부릅뜨고 쳐다보면 내가 무서워할 거 같냐고!"

조금 떨어진 곳에서 그 모습을 지켜보고 있던 후배가 나지막이 한숨을 내쉬었다.

"보통은 정색하고 엄중히 경고하면 무서워하며 벌벌 떠는 것이 정상인데, 대체 저들은 왜 저러는 거죠?"

"이성이 없는 게지. 술에 찌든 자들이 무서운 게 있을까."

"그렇죠. 술이 무섭죠. 술이 최강이죠."

후배가 고개를 끄덕이며 중얼거렸다. 저승사자의 멱살을 잡는 자, 머리통을 후려갈기는 자, 욕설을 퍼붓는 자, 길바닥에 엎드려 저승사자에게 한탄하는 자 등 그야말로 난장판이 따로 없었다. 술에 취한 인간들이란 정말 못 봐 줄 꼴이로군. 그때 무리 중 한 명이 다가와 내 멱살을 잡았다.

"너도 죽고 싶냐?"

"나는 이미 산 자가 아니다."

"씨, 뭐래?"

그러고는 갑자기 깔깔대며 웃음을 터트렸다. 무엇이 그리도 우스운가. 한심한 눈으로 그자를 바라보고 있는데 저만치 서 있는 익숙한 얼굴이 시야에 들어왔다. 핏기 하나 없는 창백한 얼굴. cafe vita라 쓰인 앞치마를 매고 있는 그 아이. 서로 눈이 마주친 순간 내 꼴이 퍽 우습게 느껴졌다. 망자에게 휘둘리는 저승사자라니….

"그럼 귀신이냐?"

여전히 멱살을 잡은 채 코웃음을 치는 망자를 더 이상은 봐줄 수 없었다. 나는 그에게 손가락 하나 대지 않고 저 멀리 날려 버렸다. 그러니까 그건 인간들이 말하는 염력 같은 거라고나 할까? 그 모습을 지켜본 다른 망자들이 하던 짓을 멈추고 그대로 얼어 버렸다.

"선배님, 그렇게까지 하시면 어떡합니까?"

후배가 적잖이 당황한 듯 눈을 동그랗게 떴다.

"인간의 생사에 관여하지 않는 것이 천계의 규율이지."

나는 옷깃을 바로잡으며 나지막이 말했다.

"허나 이미 죽은 자를 건드려서는 안 된다는 규율은 어디에도 없다."

후배는 입을 다물지 못한 채 멍하니 있다가 고개를 끄덕였다. 나는 다시 고개를 돌려 그 아이를 바라보았다. 여전히 무표정한 얼굴로 시선을 이쪽에 두고 있었다. 도무지 무슨 생각을 하고 있는 건지 알 수 없는 얼굴로.

"다들 조용히 하고 앞에 서거라!"

후배가 술 취한 망자들에게 큰 소리로 명령하자 앞다투어 그의 앞에 줄을 늘어서기 시작했다.

"이제야 좀 편하네요."

후배가 만족한 웃음을 지어 보였다.

"뭐 이 정도로 권력 남용죄가 적용되지는 않겠죠? 술 취한 이들은 도무지 어찌할 도리가 없으니 말입니다."

그의 말에 다른 저승사자들도 동의하듯 고개를 끄덕였다. 그렇게 사건은 일단락되고 저승사자들은 망자들을 천계로 인도했다.

"자업자득이지."

어느새 곁에 와 있던 경숙이 중얼거렸다. 그녀의 뒤에 그 아이도 서 있었다.

"저 취객들 말고 당신들 말이야. 저승사자."

이자는 여러모로 나를 좋아하지 않으니 이렇게 나오는 건 당연하지만….

"무슨 뜻이지?"

"사람이 죽으면 와서 데려가는 게 당신들 일이잖아. 사람이고, 귀신이고 시키면 저승사자를 좋아할 리가 없지. 꿈에 나오면 불길하다고 쫓지 못해 안달인걸?"

맞는 말이긴 했다.

"그러니까 그렇게 당하는 것도 자업자득이라고."

그렇다 해도 애초에 내가 저승사자가 되기를 희망한 건 아니었다.

"저승사자가 좋아서 되는 이는 없다. 그저 신의 명에 따라 되는 것이고, 망자를 인도해야 하는 사명을 다할 뿐이지."

"그러게 살아생전에 죄를 짓지 말고 살지 그랬어. 그것도 다 업보일 텐데."

"죽어도 죽지 못한다고 저승사자에게 말을 너무 함부로 하는군."

"나는 신도, 저승사자도 다 마음에 들지 않으니까."

그녀가 날카롭게 받아쳤다.

"그리고 뭐 딱히 틀린 말도 아니잖아."

"됐다."

나는 깊은 한숨을 내쉬었다. 더 이상은 말씨름할 힘도 없었다. 오늘은 이미 지칠 대로 지친 몸이었으니.

"자기가 불리하면 자리 피하는 건 사람이나 저승사자나 매한가지네."

돌아선 등 뒤에서 그녀의 퉁명스러운 목소리가 들려왔다. 나는 고개를 돌려 그녀를 쏘아보았다.

"어이고, 무서워. 저승사자가 그렇게 쩨려보니 몸 둘 바를 모르겠네. 그만 가 봐야겠다."

그녀는 몸을 휙 돌리고서 카페 쪽으로 걸어갔다. 다시 고개를 제자리로 돌리려는데 그 아이는 아직 자리를 떠나지 않고 그대로 서 있었다.

"너도 할 말이 있는 거냐."

"저승사자도 쉬운 건 아니겠구나 싶어서요."

한소리 더 들으려나 싶었는데 퍽 의외였다. 소환되지 못하는 망자가 저승사자를 동정하고 위로하기라도 하려는 걸까.

"하고 싶어서 하는 건 아니잖아요. 좋아서 하는 것도 아니고."

나를 보는 아이의 눈빛에서 전과 같은 독기와 절망감, 분노 같은 것들은 사라져 있었다.

"근데 나를 왜 도와줬어요?"

"…."

"도와줘서 고마워요."

아무런 대답도 하지 않은 나에게 그 아이는 따뜻한 감사 인사를 건넸다. 이런 말도 할 줄 아는 아이였던가. 그보다 간절히 죽고 싶어 하던 이가 자신을 데려가지 않는 저승사자에게 고맙다는 말을 하다니….

"고맙다는 말을 꼭 하고 싶었어요."

나는 아이의 얼굴을 지그시 바라보았다. 진심이 담긴 그 말이 이상하리만치 마음을 동요시켰다. 가슴속에 훈훈한 불을 지피고 마음을 서서히 데워 갔다.

"여전히 살고 싶은 건 아니지만 그래도 아저씨 덕분에 조금은 나아졌어요. 사는 게 그렇게 고달프지만은 않아요. 전처럼 한순간도 못 견디겠고 그렇진 않아요."

아이의 얼굴에 처음 보는 미소가 옅게 피어올랐다.

"그러니까 버텨 보려고요. 아저씨가 나를 데려갈 때까지."

이 아이가 웃으면 이런 모습인 거구나. 아이의 미소가 자꾸만 가슴을 쿡쿡 찔러 왔다. 낯선 감정이었다.

☾

비가 추적추적 내리던 날 추모식이 열리고 있는 어느 공원을 후배와 함께 지나게 되었다. 넓은 공원 한쪽에 마련된 위령비에는 자신의 목숨을 바쳐 다른 생명을 지키고 세상을 떠난 이들의 이름이 새겨져 있었다.

그 앞에 일제히 검은 옷을 입고 모여 있는 사람들 가운데는 주변의 부축을 받으며 통곡하는 이도 있었다. 모두들 비에 젖는 것은 아랑곳하지 않은 채 죽은 이들을 애도했다. 나와 후배 역시 잠시 묵념하며 애도에 동참했다.

"누군가의 죽음에는 늘 아픔과 고통이 따르는 것 같아요."

묵념을 마친 후배가 말했다.

"하지만 늘 그렇듯 산 자들은 다시 일상을 살아가겠죠. 죽은 자는 언젠가 잊히고 말입니다."

나는 씁쓸한 듯 말하는 그를 돌아보았다.

"죽은 이에 대한 마음이 서서히 옅어지고 기억이 흐릿해지는 것은 신의 배려이자 자비이다. 망각은 과거를 기억하며 고통 속에 살지 않도록 신이 인간에게 주는 선물 같은 것이지."

"그래서 우리 저승사자들도 죽기 전의 일을 기억하지 못하는 걸까요?"

"글쎄다."

"아무리 그래도 죽어 잊혀진다는 건 어쩐지 슬픈 일인 것 같습니다."

"망각이 신이 인간에게 준 선물이라면, 인간이 인간에게 남기는 선물은 기록이 아니겠느냐."

"기록이요?"

"인간은 누군가를 망각하고 또 망각될지언정, 인간의 기록은 남아 있기 마련이지."

"듣고 보니 그렇네요."

후배가 고개를 끄덕이며 말했다.

"예전에 제가 인도했던 망자 중에 그런 자가 있었습니다.

다른 이를 구하려다 목숨을 잃은 망자였는데, 억울하거나 후회되지 않냐 물었더니 웃으며 그러더군요. 일찍 세상을 떠나는 것이 아쉽기는 하나 후회되지는 않는다고요. 남은 가족들에게 미안하지만 그래도 자신이 구한 생명이 잘 살아 준다면 보람되지 않겠냐며."

"…"

"가끔 그런 인간을 보면 참 묘합니다. 서로 알지도 못하는 사이인데 자기 목숨까지 바치다니. 죽도록 미워하고 죽일 듯이 싸우기도 하는 인간들이 말입니다."

하늘에서 빗줄기가 쉴 새 없이 쏟아져 내렸다.

"저들의 슬픔에 망자들 또한 우는구나."

나는 손을 뻗어 손바닥에 빗물을 받아 보았다.

"신도 그 마음을 알까."

죽은 이를 애도하는 사람들의 울음소리가 저 멀리까지 울려 퍼졌다.

"근데 선배님은 저승사자 일을 그만두고 싶으셨던 적 없습니까?"

후배가 불쑥 물었다.

"그만두고 싶다고 그만둘 수 있는 거였다면 진작에 그만뒀겠지."

"그렇죠?"

잠시 말이 없던 후배가 깊은 한숨을 내쉬었다.

"저승사자로 지낸 지도 꽤 오래됐는데 저는 아직도 적응이 잘 안 됩니다. 인간의 죽음에 대해서 말입니다."

"나도 마찬가지다. 아마 다른 저승사자들도 그럴 테고."

"왜 우리는 저승사자가 된 걸까요?"

"지난번에 경숙 그자가 그랬잖느냐. 저승사자가 된 건 살아생전에 지은 죄에 대한 업보가 아니겠냐며 자업자득이라고. 어쩌면 그 말이 맞지 않을까 생각해 봤다."

"살아생전에 지은 죄에 대한 업보라…. 그럴지도 모르죠."

후배가 쓴웃음을 지었다.

"저승사자는 살아 있는 인간에겐 두렵고 무서운 존재, 망자에겐 원망스러운 존재잖아요. 그 누구에게도 환대받지 못하는 불청객인 걸 보면, 저나 선배님이나 엄청난 죄를 지은 게 분명합니다."

"그런가 보구나."

"가끔은 신이 원망스럽기도 합니다."

"저승사자로 지내는 일 때문이냐."

"네, 누군가의 죽음만 바라봐야 한다는 것이…. 그리고 무엇보다 저승사자는 단잠을 잘 수 없지 않습니까. 인간들 꿈에 나타나는 일까지 하다 보니 정작 우리는 제대로 잘 수가 없잖아요. 정말이지 길게 한번 자 보고 싶네요."

한참을 이야기하며 걸은 끝에 인도해야 할 망자가 있는 곳에 도착했다. 그새 비가 그치고 구름 사이로 햇빛이 새어 나왔다.

"평화롭고도 잔잔한 하늘이라니 태평하구나, 누구처럼."

"그거 혹시 원로 신 말씀입니까?"

"누구라고는 말하지 않았다."

"선배님도 신을 미워하실 때가 있군요."

"신의 명을 따르는 저승사자라고 해서 무턱대고 신을 좋아하고 섬기는 것은 아니지. 신도 우리를 미워하곤 하니 우리 역시 신을 미워할 수도 있는 거 아니겠느냐."

"그렇긴 합니다."

후배가 웃으며 말했다.

이번 망자의 집은 빨간 벽돌 담장을 두른 단아한 2층 양옥이었다. 집 안으로 들어서자 망자가 된 노부부가 손을 꼭 맞잡은 채 거실 소파에 나란히 앉아 있었다.

"누구시죠?"

우리를 본 할머니가 점잖은 말투로 물었다.

"당신들을 데리러 온 저승사자입니다."

후배의 말에 노부부는 천천히 고개를 돌려 서로를 마주 보았다.

"먼 길 오느라 고생 많으셨습니다."

할아버지가 예를 갖추어 말했다.

"천계까지 정중히 모시겠습니다."

나와 후배 역시 망자들에게 예를 갖추었다.

노부부는 자신들의 죽음에 덤덤해 보였다. 갈 때를 알고 기다리고 있었던 듯, 저승사자를 붙잡고 애원하지도 슬픔에 잠겨 통곡하지도 않았다. 그저 떠나기 전 마지막으로 자신들이 가꾸어 온 집을 훑어보았다. 앞마당에 작은 텃밭이 있는 그 집은 곳곳에 세월의 흔적이 묻어 있었으나 노부부를 닮아 단단하면서도 여유로워 보이는 구석이 있었다.

"이 집과 드디어 작별하는구려."

"그러게 말이에요."

할아버지의 말에 할머니가 나긋이 대꾸했다.

"텃밭에 채소들도 잘 자랐는데."

"남은 건 우리 애들이 뽑아다 먹겠죠?"

"그럼. 애들이 와서 잘 챙겨 갈 거야."

"우리가 가고 나면 이 집은 또 누군가의 새로운 터전이 되겠네요."

"그렇지. 그렇게 돌고 도는 거지."

노부부 망자는 도란도란 이야기를 나누었다.

"두 분, 가시는 길이 많이 아쉬우시겠습니다."

후배가 말했다.

"생각보다 평온합니다. 한날한시에 사랑하는 이의 손을 꼭 붙잡고 함께 떠나니 그저 신께 감사한 마음이지요."

"죽음이 두렵지 않으십니까?"

"두렵지 않다고 하면 거짓말이겠지만, 아쉽거나 미련이 남지는 않습니다."

"참 보기 드문 분들이시군요."

"그런가요?"

할아버지가 너털웃음을 지었다.

"저는 그저 더할 나위 없이 행복합니다."

할머니는 자신도 같은 마음이라는 듯 웃으며 고개를 끄덕였다.

"남은 가족분들께 따로 남기실 말씀은 없으십니까?"

"음… 글쎄요. 그저 건강하고 행복하게 잘 살아 주면 고맙겠네요. 다른 말은 평소에 다 남겨 두어서요."

"대단하시네요."

"언제 어떻게 될지 모르는 것이 사람 일 아닙니까. 그러니 하고 싶은 말은 평소에 해 두어야지요. 또 이 나이쯤 되면 언제든 떠날 수 있다는 생각으로 하루하루를 살기도 합니다. 그렇게 준비를 해야 자식들이 편할 테니까요."

"두 분께서 지혜로우시니 다른 가족분들도 분명 그러실 테지요. 너무 오래 슬퍼하시지는 않을 겁니다."

"그래야지요. 사람이 태어나면 죽는 것이 순리잖습니까."

할아버지의 그 말을 끝으로 우리는 노부부를 천계로 인도했다. 마지막을 고해야 하는 외길 앞에서 후배와 나는 다시 한번 고개 숙여 두 망자에게 정중히 인사했다.

"여기서부터는 두 분이서 지금처럼 손 꼭 붙잡고 걸어가시면 됩니다."

후배의 안내로 노부부는 나란히 길을 걸어 나갔다. 우리도 나란히 서서 망자들의 뒷모습을 바라보았다.

"죽음은 항상 슬프기만 한 줄 알았는데, 저들을 보니 꼭 그렇지만은 않은 것 같습니다."

"죽음의 모습은 각기 달라서 때론 슬프기도, 때론 아프기도, 또 때론 평온하기도 하지. 허나 죽음의 무게는 누구에게나 같은 법. 우리가 늘 죽음을 보면서 느끼는 게 그것 아니겠느냐."

"맞습니다."

노부부 망자의 모습이 더 이상 보이지 않자 우리는 발걸음을 돌렸다. 오늘따라 더욱 푸르른 하늘 길을 걸어 또 다른 무수한 죽음과 맞닥트려야 하는 인간들의 세상으로 향했다.

삶의 끝에 선

사람들

"송서은?"

누군가 내 이름을 부르는 소리에 고개를 돌려 보니 낯익은 얼굴이 나를 바라보며 서 있었다.

"너 여기서 일해?"

그 아이가 놀란 듯 동그란 눈으로 물었다.

"이렇게 다시 볼 줄은 몰랐는데."

놀란 것은 나 역시 마찬가지였다. 뭐라고 말해야 할지 몰라 머뭇거리고 있는데 경숙 아주머니가 끼어들었다.

"누구?"

그러니까… 누구라고 답해야 하는 거지?

"안녕하세요!"

내가 채 입을 열기도 전에 그 아이가 먼저 웃으며 인사를 건넸다.

"저는 서은이 고등학교 동창 신기은이라고 합니다."
그리고 꽤 낯선 단어가 덧붙었다.
"서은이 친구요."
친구? 우리가 친구였던가. 고등학교 졸업식 날 몇 마디 나눈 게 전부였던 사이를 친구라 부르는 건 매우 어색한 일이었다.
"아, 그렇구나!"
경숙 아주머니가 반가운 얼굴로 말했다.
"서은이 친구라면…."
나는 경숙 아주머니에게로 시선을 돌렸다.
"음료 한 잔 정도는 내가 대접해 줘야겠네."
"정말요?"
"뭐 먹고 싶어요? 말해 봐요."
"감사합니다! 여기 뭐가 제일 맛있어요?"
처음 보는 어른의 호의를 기은은 아무렇지도 않게 덥석 받아들였다. 저런 걸 붙임성 있다고 하는 건가. 아무튼 나와는 다른 낯섦에 잠자코 그 아이를 지켜보았다. 경숙 아주머니는 카페에서 가장 인기 있는 메뉴를 추천해 주었고, 기은은 밝은 얼굴로 테이블에 자리를 잡고 앉았다.
"계산은 제가 할게요."
"됐어. 내가 주고 싶어서 주는 건데 뭐."

"그렇게까지 하실 필요 없어요."

"서은아."

"네."

경숙 아주머니는 뭔가 하고 싶은 말이 있는 듯 내 얼굴을 빤히 보았다.

"네가 뭔가를 받는 것에 익숙지 않은 건 알아. 그래도 이럴 땐 감사합니다 하고 받는 거야. 누군가의 호의를 고맙게 받는 것도 예의거든."

"…."

"그리고 다음에 너도 뭔가를 도울 수 있을 때 도와주면 되지. 그 사람한테 다 갚지 못하면 다른 사람을 도와줘도 되고, 그러면 그 사람이 또 다른 사람을 도와주고. 그렇게 도움이 돌고 도는 거야."

"그래도…."

"음료는 내가 만들 테니 너는 잠깐 쉴 겸 가서 친구랑 이야기라도 하렴. 어서?"

머뭇대는 나를 경숙 아주머니가 재촉했다. 하는 수 없이 고개를 한 번 꾸벅 숙여 인사한 뒤 기은이 앉아 있는 테이블로 향했다. 뭐랄까… 이 느낌을 뭐라 설명할 수는 없었지만, 경숙 아주머니에게는 항상 무언가를 받고 배우는 것 같았다.

일단 아주머니에게 등 떠밀려 오긴 했는데 기은에게 먼저 말을 걸 엄두가 나지 않았다. 친하지도 않은 아이에게 무슨 말을 해야 할지도 모르겠고, 나를 불편해하지 않을까 걱정이 되기도 했다. 그렇게 고민하며 서 있는데 기은이 내 인기척을 느꼈는지 뒤를 돌아보았다.

"너도 앉게?"

기은이 태연하게 물었다.

"앉아."

내가 대답할 새도 없이 그 아이는 시원스럽게 말했다. 어색한 얼굴로 자리에 앉은 나는 여전히 입을 꾹 다물고만 있었다.

"여기서 언제부터 일한 거야?"

정적을 깨듯 기은이 물었다.

"봄쯤부터."

"으음, 그럼 몇 달 됐네."

"응."

"사장님하고는 친해? 인상이 되게 좋으시던데."

글쎄… 친하다고 해야 하는 걸까? 친한 건 뭐지?

"좋은 분이신 거 같아, 사장님."

기은이 카운터 안에서 음료를 만들고 있는 경숙 아주머니를 힐끔 쳐다보며 말했다.

"내가 전에 얘기했었지? 우리 집이 대대로 무당 집안이라고."

나는 말없이 고개를 끄덕였다.

"그래서 내가 사람 관상을 좀 볼 줄 알거든. 뭐랄까, 나쁜 사람 같지는 않아. 어딘가 모르게 슬픔과 아픔, 죽음의 기운이 느껴지긴 하지만 말이야."

역시 무당집 아이는 뭐든 척척 알아보는 건가.

"결론은 좋은 사람인 거 같다고."

잠시 후 경숙 아주머니가 음료 두 잔을 챙겨 들고 테이블로 왔다. 우리가 감사 인사를 건네자 아주머니는 맛있게 먹으라는 말만 하고 얼른 자리를 피해 주었다. 기은은 얼음을 잔뜩 띄운 카페의 인기 음료를 한 모금 크게 들이켜고는 얼굴 가득 환한 웃음을 지어 보였다.

"크… 시원하니 맛있네. 더위가 싹 가시는 맛이다."

여태까지 본 것 중 가장 밝아 보이는 표정이었다.

"너 이젠 제법 괜찮아 보인다?"

"응?"

"예전엔 살아도 사는 게 아닌, 마지 못해 사는 사람 같았는데 지금은 다른 사람들하고 많이 다르지 않아. 독기도 거의 사라졌고."

그 말이 맞는 것 같기도 했다. 확실히 예전보다는 덜 고통스럽고 훨씬 마음이 편안한 삶을 살고 있으니까.

"살아 보니 인생이 아프고 괴롭지만은 않지?"

기은이 내 눈치를 살피며 물었다.

"어떤 순간도 영원하진 않으니까. 절망과 희망, 고통과 치유, 슬픔과 기쁨, 불행과 행복은 계속 순서를 바꿔 가며 찾아오기 마련이지."

제법 어른스러운 말이었다. 인생을 다 산 것 같은. 이것도 무당집 아이라 그런 걸까?

"난 어렸을 때부터 별사람 다 봤거든. 무당집에 찾아오는 사람들은 하나같이 사연 없는 사람이 없어. 어찌나 그렇게 구구절절하고 기구한 인생들을 사는지. 돈 많은 사람도, 돈 없는 사람도 벼랑 끝에 내몰리면 마지막엔 무당집을 찾아와 모든 걸 쏟아 내곤 해. 그게 유일한 희망이라고 생각하니까."

조금 쓸쓸해진 얼굴로 기은이 말했다.

"욕하는 사람도 많지만, 사람이 얼마나 절박하면 그러겠어. 얼마나 기댈 만한 구석이 없으면 무당한테 와서 자기 힘든 걸 다 털어놓겠냐고."

기은이 잔을 들고 음료를 한 모금 마셨다.

"알고 보면 나보다 힘들게 사는 사람, 아프게 사는 사람도 많더라."

그런가? 난 여태 다른 사람들은 다 나보다 행복하게 사는 줄만 알았다. 내 세상이 제일 불행한 것 같았다.

"1인칭 시점으로 보니까 내가 제일 불행해 보이는 거지."

기은은 내 속마음을 읽은 듯 말했다.

"너도 다른 사람들 사는 얘기 좀 들어 봐. 나 혼자만 힘든 게 아니고, 내 불행이 세상에서 가장 큰 것도 아니야. 삶이라는 건 누구한테나 다 어려운 거더라고."

그 아이의 이야기를 듣는 동안 많은 것을 깨달았다. 내 세상이 제일 불행한 건 아니라는 사실을 알게 되었고, 나만 빼고 행복해 보였던 다른 사람들 역시 아픔과 슬픔을 안고 살아간다는 것도 알게 되었다. 내 세상이 전부였던 나와 달리 그 아이는 훨씬 더 넓은 세상에서 타인의 삶도 들여다보며 살고 있었다.

"고마워."

나는 수줍게 미소를 지었다.

"뭐가?"

"이런 얘기를 나한테 해 줘서. 나는 지금껏 내 상처가 가장 아픈 줄 알았어."

"에이, 뭘…."

기은이 싱겁게 웃고는 슬슬 일어날 준비를 했다.

"이제 가 봐야겠다. 너 일해야 하잖아."

나는 기은을 따라 카페 밖까지 나가 작별 인사를 했다.

"잘 가."

"그래. 너도 잘 지내고. 아, 근데⋯."

돌아서려던 기은이 문득 나를 향해 말했다.

"그래도 다행이다."

"응?"

"너 말이야. 솔직히 네가 행복해졌으면 좋겠다거나 뭐 그런 생각을 해 본 적 없는 줄 알았는데, 오늘 네 얼굴을 보니까 알 것 같아. 나는 네가 평온하길 바랐나 봐."

뜻밖의 말에 나는 그저 기은의 얼굴을 쳐다보기만 했다.

"오랜 시간 너의 고통을 지켜봤으니까."

순간 뜨거운 무언가가 가슴속으로 밀려들며 세상에 나 혼자가 아닌 것만 같은 기분이 들었다.

"봐, 어딘가에는 이렇게 너의 평온을 바라는 사람도 있지? 그러니까 스스로를 너만의 세상에 가두지 말고 살아. 아무도 없는 것 같아 보여도 어딘가에는 너를 응원해 주는 사람도 있기 마련이니까."

기은이 환한 햇살처럼 웃어 보였다.

"나 간다!"

돌아선 기은의 뒷모습에 심장이 쿵쿵 빠르게 뛰었다. 점점 멀어져 가는 기은을 붙잡고 싶었다. 어쩌면 저 아이와 친구가 될 수 있지 않을까?

"…저기!"

힘겹게 외친 소리에 기은이 뒤돌아보았다.

"너랑… 친구라고 생각해도 될까?"

기은은 잠시 나를 빤히 바라보다가 피식 웃음을 터트렸다.

"내가 아까 친구라고 말했잖아."

"…."

"너도 시간 되면 언제 한번 놀러 와. 무당집에 뭐 딱히 볼 건 없겠지만."

"응."

활짝 웃으며 고개를 끄덕인 나는 기은이 보이지 않을 때까지 손을 흔들어 주었다. 속으로는 친구라는 단어를 계속 되뇌면서. 단 두 음절뿐인 그 말이 세상에서 제일 따뜻하게 느껴졌다.

☾

기은이 돌아간 후 경숙 아주머니의 카페는 많은 사람들로 붐비기 시작했다.

"서은아, 아이스 아메리카노 두 잔 먼저 만들어 줄래?"

"네."

나는 깊고 투명한 유리컵에 얼음을 가득 담아 준비한 뒤 커피를 내렸다. 이곳에 온 지도 벌써 한 계절이 지나고 이젠 제법 카페 일에 능숙해졌다. 커피를 비롯한 음료와 토스트 정도는 어렵지 않게 만들어 내는 정도였다.

"사장님, 너무 더워서 그러는데 에어컨 온도를 더 내려주시면 안 돼요?"

한 젊은 여자 손님이 카운터로 다가와 경숙 아주머니에게 말했다.

"죄송하지만…."

경숙 아주머니는 원치 않는 다른 손님들이 있을 수 있어 적정 온도를 유지해야 한다는 이유로 양해를 구했다.

"아, 더워 죽겠는데."

손님이 짜증 섞인 말을 내뱉고 자리로 돌아갔다. 카페를 운영하는 경숙 아주머니로서는 입장이 매우 난처한 상황이었다. 바로 며칠 전에도 같은 요청을 하는 손님이 있어 에어컨 온도를 내렸다가 다른 손님으로부터 온도가 너무 낮다는 컴플레인을 받았던 것이다.

"아휴, 아직 초여름인데 벌써부터 이렇게 더우면 한여름엔 어떡하냐?"

"한여름엔 아주 쪄 죽지 뭐. 지금도 열대야 때문에 난리인데."

카페 안 사람들이 투덜대는 소리가 선명히 들렸다. 뉴스에서는 매일같이 이상 기온을 들먹이며 역대급 더위임을 강조했고, 기온은 나날이 최고치를 갱신하고 있었다. 열대야로 잠을 이루지 못하는 시민들은 한강 공원으로 나가 더위를 식혔고, 낮에는 시원한 카페로 피신 오듯 밀려 들어왔다. 그래서 경숙 아주머니와 나도 요즘 눈코 뜰 새 없이 바빠졌다.

"아이스 바닐라 라떼 한 잔, 수박 주스 한 잔, 아이스 아메리카노 세 잔 맞으시죠?"

"네."

주문은 끝도 없이 이어졌고, 카페 안은 북적이는 사람들의 열기까지 더해져 에어컨을 돌려도 밑 빠진 독에 물 붓기와 같았다.

"주문하신 아이스 바닐라 라떼, 수박 주스, 아이스 아메리카노 나왔습니다!"

경숙 아주머니가 제법 큰 소리로 외쳤지만 사람들의 소음에 바로 묻혀 버렸다.

"주문하신 아이스 바닐라 라떼…."

그렇게 몇 번을 외치고 난 뒤에야 음료를 주문한 손님이 카운터 앞으로 걸어왔다.

"감사합니다. 맛있게 드세요."

잠시 후 음료를 받아 갔던 손님이 경숙 아주머니에게 다른 음료로 바꿔 달라는 요구를 해 왔다.

"그러니까 아메리카노를 디카페인 콜드브루로 바꿔 달라는 말씀이신 거죠? 추가 금액 없이요."

"네."

"죄송하지만 주문하신 음료가 정상적으로 나온 뒤라 그냥 바꿔 드리는 건 어려워요. 두 메뉴 가격이 다르기도 하고요."

"제가 실수로 잘못 주문한 거니까 이번 한 번만 그냥 해 달라니까요?"

경숙 아주머니의 정중한 설명에도 손님은 막무가내로 떼를 썼다. 그러니까 애초에 자기가 주문을 제대로 하든가, 아니면 실수를 인정하고 다시 주문하면 될 일을.

"그럼 잘못 주문한 거 환불이라도 해 주세요."

"손님, 이미 다 완성이 되어 나왔으니 환불은 어렵고요…."

"아니, 그럼 대체 되는 게 뭐예요!"

쨍그랑! 그때 컵이 깨지는 소리가 카페 안을 요란히도 울렸다. 재빨리 고개를 돌려 보니 손님 한 명이 도망치듯 후다닥 밖으로 뛰쳐나가는 것이 보였다.

"하…."

나는 깊은 한숨을 내쉰 뒤 빗자루와 쓰레받기를 들고 컵이 깨진 곳으로 향했다. 주변 손님들에게 양해를 구하고 유리 파편을 쓸어 담았다. 묵묵히 빗자루질을 하고 있자니 마음속 깊숙한 곳에서 화가 부글부글 끓었다. 역시 사람은 싫었다. 세상은 살 만하지 않았다.

며칠 후 카페에서 조금 떨어진 곳에 배달을 가게 되었다. 특별 주문이 들어오면 간혹 있는 일이었다. 커피 여러 잔이 담긴 아이스박스를 자전거 뒷자리에 줄로 단단히 고정시키고 머리에 헬멧을 썼다. 나는 힘껏 페달을 밟아 빠른 속도로 카페에서 멀어졌다.

커피를 특별 주문한 사람은 어느 회사의 높은 직급에 있는 분이었다. 경숙 아주머니의 말에 따르면, 카페를 연 지 얼마 되지 않아 손님이 거의 없던 시절에 그분께서 대량 주문을 했다고 한다. 그 일이 무척 고마웠던 아주머니는 지금까지도 여전히 직접 배달을 해 오고 있었다. 오늘은 어쩔 수 없이 바쁜 경숙 아주머니를 대신해 내가 배달을 가고 있는 중이지만.

페달을 열심히 밟던 중, 마주 오는 사람을 피하기 위해 잠시 멈춰 선 나는 어느 가게에서 틀어 놓은 TV를 보게 되었다. 한 젊은 여성이 스스로 목숨을 끊었다는 소식이 보도되고 있었다.

"우울증이 왜 오는 줄 알아? 그게 다 시간이 많아서 그래. 먹고살기 바빠 봐, 우울증이 올 틈이 있나."

"죽기는 왜 죽어 살아야지."

"하여튼 요즘 젊은 것들은 약해 빠져서 말이야. 나 때는…."

지나가는 사람들이 TV를 보며 한마디씩 떠들었다.

"제 자식은 겨우 20대였어요. 앞으로 살아갈 날이 수십 년이었는데, 살인범이 고작 징역 15년을 받는 게 말이 되냐고요."

화면이 바뀌고 이번에는 자식을 잃은 아주머니가 억울함을 호소하며 통곡하고 있었다. 그 모습을 본 순간 울컥하면서 가슴속에 뭔지 모를 감정이 차올랐다. 눈가가 뜨거워지고 시야가 뿌예졌다. 나는 흘러내리는 눈물을 재빨리 쓱쓱 훔쳐낸 뒤 다시 페달을 밟았다.

얼마 안 가 목적지인 회사 앞에 도착했다. 나는 자전거를 한쪽에 세워 두고 10층도 넘는 건물을 한번 올려다보았다. 내가 이런 데를 다 오다니…. 아이스박스를 챙겨 정문으로 향했는데 커다란 팻말을 들고 서 있는 아저씨가 눈에 들어왔다. 팻말에는 회사에서 일하다 죽은 아들의 죽음을 보상하라는 내용의 글이 쓰여 있었다. 아마도 이 회사에서 일하다 죽은 모양이었다. 나는 아저씨를 지나쳐 서둘러 건물 안으로 들어갔다.

"카페 비타에서 배달 왔는데요."

회사 1층 안내 데스크 직원에게 말하자, 그녀는 어디론가 전화를 걸더니 다른 직원을 가리키며 그를 따라가라고 안내해 주었다. 곧 보안 게이트 안쪽에서 한 남자가 걸어 나와 손짓했다. 그는 나를 데리고 다시 게이트를 통과해 엘리베이터가 있는 곳으로 이동했다.

이렇게 큰 회사에 들어와 본 건 정말이지 처음이었다. 왠지 내가 더 작아지는 느낌이 들었다. 엘리베이터가 도착하고 문이 열리자 직원으로 보이는 꽤 많은 인원이 쏟아져 나왔고, 나는 안내해 주는 직원을 따라 엘리베이터에 올라탔다.

남자는 말없이 15층 버튼을 눌렀다. 나는 배달할 커피를 든 채 미동도 없이 서 있었다. 숨 막히는 정적 속에서 드디어 15층에 도착했다. 똑똑똑. 회의실 문을 노크하자 들어오라는 남자의 목소리가 들려왔다. 안으로 들어서니 여러 명의 사람들이 간격을 두고 긴 테이블에 앉아 있었다.

"오늘은 한 사장님 대신 카페 직원분이 오셨군요."

모두가 일제히 나를 쳐다보는 가운데 직급이 가장 높아 보이는 남자가 활짝 웃으며 말했다. 그의 첫인상은 뭐랄까, 사람 좋아 보이는 인상이었다. 나는 그에게 조용히 고개 숙여 인사했다.

"이 집 커피를 내가 예전부터 마셨는데 진짜 기가 막혀."

그가 너스레를 떠는 동안 나는 아이스박스에서 커피를 꺼내 테이블 위로 옮겼다.

"이사님, 감사합니다. 잘 마실게요."

직원들이 커피를 나눠 먹으며 감사 인사를 했다. 모두들 말끔한 정장을 입었고 목에는 이름과 사진이 박힌 사원증이 걸려 있었다. 내가 직장인이었다면 나도 저런 모습일까. 하지만 지금 당장은 낡은 티셔츠에 펑퍼짐한 면바지 차림이었다. 내 행색은 저들과 너무나도 달랐다. 오늘따라 유난히 옷이 후줄근하게 느껴졌다.

"여기까지 오느라 고생했는데, 이거 받아요."

사람들이 이사님이라고 부르는 남자가 나에게 5만 원짜리 지폐 한 장을 건네며 말했다.

"괜찮습니다."

나는 그의 호의를 정중히 사양했다.

"더운데 여기까지 왔잖아요. 얼마 안 되지만 시원한 거라도 사 먹어요. 사장님께는 말하지 말고."

그는 얼굴에 미소를 띤 채 서글서글하게 말했다.

"줄 때 받아요. 나 같으면 얼른 받겠다."

거듭 사양하는 나를 지켜보던 직원 중 하나가 말을 거들었다. 나는 하는 수 없이 돈을 받아 들었다.

그때 심각해 보이는 표정의 남자가 회의실로 들어오더니 곧장 이사에게 다가와 귓속말을 속삭였다. 뭐라고 하는지는 잘 들리지 않았지만, 이야기를 건네 들은 이사의 표정이 굳어졌다. 뭔가 좋지 않은 일이 일어난 듯했다. 이번에는 이사가 작은 목소리로 말을 전했다.

"자꾸 그러면 명예훼손으로 고소한다고 하세요. 아니 자기 아들이 죽은 게 왜 회사 책임이라는 거야? 평소에 지병이 있었을 수도 있고."

저게 다⋯ 무슨 말이지? 순간 아까 회사 앞에서 보았던 아저씨가 떠올랐다. 꾹꾹 눌러 쓴 손글씨 팻말을 들고 서 있던 초췌한 행색의 아저씨. 아들이 왜 죽었는지 그 진실을 밝히고 그에 따른 보상을 해 달라던 한 아버지. 저건 혹시 그 아저씨를 두고 하는 말일까? 지금 내 눈앞에 있는 이사라는 남자는 좀 전과는 사뭇 달라 보였다. 얼굴에서 미소가 싹 사라졌고 서글서글한 말투도 자취를 감추었다.

"그러니까 회사 과실이라는 증거가 있냐 이 말이에요."

이사가 답답한 듯 그렇게 말하고 고개를 돌린 순간 나는 그와 눈이 마주치고 말았다. 무언가 보면 안 되는 걸 보고만 기분이었다. 황급히 아이스박스를 챙겨 들고 회의실을 빠져나가려는데 그가 나를 불러 세웠다.

"저기!"

나는 화들짝 놀라며 뒤를 돌아보았다. 왜 부른 거지? 내가 뭔가 잘못이라도 한 건가? 심장이 빠르게 뛰었다.

"사장님께 감사하다고 말씀 좀 전해 주세요."

서글서글한 말투와 미소가 다시 돌아왔다. 하지만 이젠 그 말투도 미소도 더 이상 그를 좋은 사람으로 보이게 하지 않았다.

회사를 나온 나는 또다시 1인 시위를 벌이고 있는 그 아저씨와 마주쳤다. 뜨거운 여름날 회사 앞에 홀로 서서 아들의 죽음에 대한 진상을 밝혀 달라는 한 아버지의 목소리는 그 누구에게도 닿지 않았다. 다들 아저씨를 흘끔 쳐다보고는 그대로 지나칠 뿐이었다. 말을 건네는 이도 팻말을 관심 있게 봐 주는 이도 없었다. 그저 아저씨 혼자 외로운 사투를 벌이고 있었다.

나는 자전거를 향해 걸어가는 동안 삶의 끝에 선 사람들에 대해 생각했다. 어쩌면 지금 이 순간에도 누군가는 좌절하고 절망하며 스스로 목숨을 끊으려 할지 모른다. 세상은 그들을 나약하고 어리석다고 또는 이기적이라고 비난하지만 난 그게 그들의 탓이라고 생각하지 않았다. 그들은 그저 살기 위해 몸부림치는 것이다. 누군가 자신의 목소리에 귀 기울여 주기를 간절히 바라는 것이다. 회사 앞에서 1인 시위 중인 아저씨도, 고된 삶을 버텨 내던 나도 마찬가지였다. 사람을 벼랑 끝으로 몰아 세우는 건 다음 아닌 이 세상인지도 모른다.

마음이 무거워 곧장 경숙 아주머니의 카페로 돌아갈 수 없었다. 나는 카페를 지나쳐 한참을 더 달리다가 한강 다리 위에서 자전거를 멈춰 세웠다.

시간이 멈추기라도 한 듯 도로 위를 달리던 차들이 갑자기 꼼짝도 하지 않았다. 차뿐만 아니었다. 바삐 걸어가던 사람들도 마치 얼어 버린 듯 그 자리에 가만히 서 있었다. 어떻게 이런 일이 일어날 수 있는 거지? 더 이상한 것은 나는 평상시대로 움직이고 말도 할 수 있다는 것이었다. 다시 앞을 바라보니 저승사자 아저씨가 저만치에 서 있었다.

"아저씨가 왜…."

나는 나지막이 중얼거렸다.

"곧 사고가 날 거다."

어느새 내 앞으로 다가온 아저씨가 말했다.

"사고요?"

"많은 사람이 죽을 거고 너 역시 다치겠지."

그런데 왜 그 사실을 나에게 알려 주는 걸까. 왜 멈춘 시간 속에서 나만 멀쩡히 움직일 수 있는 걸까.

"그런데요? 난 이미 죽은 사람인데 그런 건 왜 알려 주는 건데요? 알면 뭐하게요."

그는 말없이 자전거를 향해 손을 뻗었다. 펑! 갑자기 들려온 굉음에 놀라 나도 모르게 눈을 감았다 떠 보니 내 몸은 어느새 다리 위를 벗어나 있었다. 그새 교통사고가 난 다리 위에서 새빨간 불길이 치솟았다. 순식간에 이런 일이 벌어졌다는 게 믿기지 않았다.

다리 위를 지나던 차들이 한데 엉키면서 일대가 난장판이 되었다. 나는 사고 현장을 보려 몰려든 사람들 틈을 파고들어 저승사자 아저씨를 찾기 시작했다. 나에게 사고를 미리 알려 준 그라면 이 처참한 사고를 막을 수 있지 않았을까? 왜 아무것도 하지 않은 걸까. 왜.

"아저씨! 아저씨!"

한참 만에 드디어 그가 모습을 드러냈다. 나는 그에게 달려갔다.

"다 알고 있었잖아요. 막을 수는 없었어요?"

"인간의 사고는 신조차 막을 수 없다."

"왜요? 그럼 신은 도대체 뭐 하는 존재인데?"

나는 따지듯 그에게 물었다.

"인간의 생과 사에 신이 개입할 수 있는 여지는 없어."

"그럼 아저씨는요? 아저씨는 방금 개입했잖아요. 시간을 멈추고 나를 옮겨 놓고. 그건 개입한 게 아니에요?"

"너는 이미 죽은 자다."

그의 단호한 대답에 나는 말문이 막혀 버렸다.

"망자를 돕는 건 인간의 생사에 관여하는 일은 아니지."

"그래도 굳이 시간까지 멈추고 나를 옮길 필요는 없었잖아요."

"아프지 않을 수 있다면 아프지 않는 게 좋지. 그저 그뿐이다. 내가 너를 굳이 옮긴 이유는."

"난 늘 아팠어요. 그리고 아픈 건 이제 아무렇지도 않다고요."

"이미 아파 봤다고 해도, 늘 아팠다고 해도, 또 아플 수 있는 법이니까."

뭘까 이 저승사자는…. 차가운데 따뜻하고, 너그러운데 단호했다. 늘 지켜보고 있는 건지 결정적인 순간이면 꼭 나타나 나를 도와주었다. 망자면 누구라도 항상 이렇게 도와주는 건가? 이미 죽은 자를 돕는 건 인간의 생사에 관여하는 게 아니니까?

"아무튼 오늘 일은 도무지 이해할 수 없어요. 쓸모도 없는 저승사자, 쓸모도 없는 신 같은 거 정말 싫어."

나는 그렇게 말하고 발걸음을 돌렸다.

사고 현장을 벗어난 지 한참 뒤에야 자전거를 두고 왔다는 사실을 깨달았다. 길에 멈춰 서서 다시 돌아가야 하나 고민하고 있는데 뒤에서 낯선 할머니의 목소리가 들려왔다.

"송서은."

고개를 돌려 바라본 곳에는 주름이 자글자글한 백발의 할머니가 지팡이를 짚고 서 있었다. 단정히 쪽진머리를 하고 허리는 많이 굽은 상태였다.

"누구세요?"

"네가 싫어하는 존재."

할머니는 나를 향해 씩 웃어 보였다.

"좀 전에 정말 싫다고 했지 않니."

아까 저승사자 아저씨에게 했던 말이 떠올랐다. '쓸모도 없는 저승사자, 쓸모도 없는 신 같은 거 정말 싫어.' 그렇다면 저 할머니는… 신인가?

"그래 그거."

내 속마음을 읽기라도 한 듯 할머니가 말했다.

"저를 아세요?"

"그럼 알지. 잘 알고 말고."

나는 의아한 표정으로 할머니를 빤히 바라보았다.

"네가 태어난 그 순간부터 너를 봐 왔는걸."

할머니가 또 씩 웃었다.

"할머니가 신이 맞다면 대답해 보세요. 신은 도대체 뭐 하는 존재인 건데요? 사고도 못 막아, 인간의 생사에 관여도 못 해."

진짜 궁금해서 물어본 것이었다.

"그것 말고도 신이 하는 일은 많이 있단다."

"할머니는 뭘 하는데요?"

"글쎄다, 나는 그저 인간 세상에 머물며 인간들을 지켜보는 일을 하지. 가끔은 인간을 도와주기도 하고, 또 가끔은 깨달음을 주기도 하고."

"맨날 뭘 그저 지켜본대…."

나는 볼멘소리로 투덜거렸다.

"서로의 영역을 존중하며 그 영역을 넘지 않는 것. 그것은 신과 인간 사이의 약속이자 세상의 규율이고 법칙이란다."

"그럼 대체 뭘 도와주는 건데요?"

"인간의 영역을 존중하면서도 도움을 줄 수 있는 일은 무궁무진하지. 꼭 사고를 막고, 누군가를 살려야만 도와주는 게 아니야."

"에이, 그게 뭐예요. 안 좋은 일을 막지 못하는데 뭐가 도와주는 거야."

"아가, 네 이름이 무슨 뜻인지 아니?"

"깃들일 서에 괴로워할 은. 괴로움이 깃들다."

"잠깐 눈을 좀 감아 보렴. 내가 뭘 도와주냐고 물었지? 그걸 알려 주마. 인간의 생과 사에 관여하지 않고도 인간을 의미 있게 도울 수 있는 법."

의심 가득한 눈초리로 할머니를 바라보던 나는 반만 믿는 마음으로 지그시 눈을 감았다.

"이제 눈을 떠 보렴."

할머니의 말에 눈을 뜨자 내 앞에 낯선 장소가 펼쳐져 있었다. 할머니의 모습은 보이지 않고 그저 할머니의 목소리가 세상 가득 은은히 울려 퍼졌다.

"뭐가 보이니?"

그러니까 지금 내가 서 있는 이곳은… 병원인 걸까? '분만실'이라는 글자가 보였다. 곧이어 간호사들이 어떤 여자가 누운 병원 침대를 밀며 분만실 쪽으로 달려왔다. 보호자로 보이는 남자도 함께였다. 긴박하게 나를 스쳐 지나가는 여자와 남자의 얼굴을 본 순간, 나는 그대로 굳어 버리고 말았다.

"여보… 혹시 내가 잘못되더라도 우리 아기는 꼭 끝까지 지켜 줘."

병원 침대에 누워 힘겨운 숨을 내쉬고 있는 여자는 매년 제사상에서 보던 사진 속 엄마의 모습과 똑 닮아 있었다.

"그런 말이 어디 있어. 당신도 같이 지켜 줘야지."

남자가 눈물을 쏟으며 떨리는 목소리로 말했다. 젊은 시절의 아빠는 이런 모습이었구나.

"내가 생각해 봤는데…."

엄마가 극심한 통증 속에서도 미소를 지어 가며 힘겹게 입을 열었다.

"우리 아기 이름은 서은이로 했으면 좋겠어. 평온이 은근히 깃드는 그런 삶을 살라고."

가슴이 아리고 눈가가 뜨거워졌다.

"살다가 힘이 들 때는 언제든 기대 쉴 수 있게 당신이 꼭 버팀목이 되어 줘."

간절한 마음이 담긴 엄마의 말에 세상을 원망하느라 단단히 굳어졌던 마음이 스르르 녹아내렸다. 굵은 눈물이 뺨을 타고 흘렀다. 그간 나는 삶에 평온이 깃들기를 바라며 엄마가 지어 준 이름을 멋대로 오독하며 살아왔다.

이제 간호사들이 엄마를 데리고 분만실로 들어갔다. 아빠는 그대로 주저앉아 한참을 흐느껴 울었다.

그 모습을 지켜보다 흘러내리는 눈물을 손으로 쓱 닦은 순간, 내가 서 있는 곳은 병원이 아닌 공사장으로 바뀌었다.

"송 씨!"

누군가를 부르는 소리에 고개를 돌려 보니 한 남자가 안전모를 쓴 작업복 차림으로 이쪽으로 걸어오고 있었다.

"예!"

아빠였다. 이번에는 앳돼 보이던 아까와 달리 나에게 조금 더 익숙한 모습이었다. 아빠를 불렀던 아저씨가 무언가를 보여 주며 이야기했고 아빠는 고개를 끄덕이더니 발걸음을 돌려 다시 일하던 곳으로 돌아갔다. 나는 아빠의 뒤를 따라가 보았다. 수많은 철근이 얽히고설킨 저 높은 곳에서 작업복을 입은 인부들이 위태롭게 걷고 있었다. 무거운 자재를 어깨에 지고 옮기는 모습에서 그들이 짊어진 삶의 무게가 고스란히 느껴졌다.

"힘들지, 송 씨?"

한 아저씨가 물었다.

"다 그렇죠 뭐. 그래도 일거리가 있는 게 어디입니까."

아빠는 서글서글하게 웃으며 답했다. 끝이 없는 고난에도 늘 미소를 잃지 않고 긍정적이던 아빠의 모습은 답답리만큼 한결같았다. 아빠는 쉽게 좌절하지도, 슬픔에 무너지지도 않는 사람이었다. 그 지긋지긋한 가난에도 절대 삶을 포기하지 않았다.

"그나저나 재혼 생각은 없어?"

아저씨의 물음에 아빠는 '재혼은요, 무슨' 하며 그저 웃어 넘겼다. 바보, 재혼이라도 하지. 평생 이미 떠난 엄마랑 나만 보다가 그렇게 가 버리고….

"저는 그냥 아내하고 약속한 대로 제 딸만 끝까지 잘 지키다 가렵니다."

"어이구, 대체 송 씨를 누가 말리겠나."

고개를 저으며 혀를 내두르는 아저씨를 보며 아빠는 그저 허허 웃기만 했다.

눈물을 글썽이며 그런 아빠의 모습을 지켜보다가 눈을 한 번 크게 깜빡이던 찰나 다시 현실로 돌아왔다. 내 앞에는 그 백발의 할머니가 여전히 지팡이를 짚고 서 있었다.

"네 아빠는 그날 사고로 세상을 떠나는 순간까지도 너를 걱정했단다."

할머니가 나지막이 말했다.

"엄마와의 약속을 끝까지 지키지 못해 너에게도, 네 어미에게도 미안해했어."

"엄마랑 아빠는 만났어요?"

할머니는 말없이 고개를 저었다.

"아직은 만나지 못했단다. 하지만 인연의 끈이 남아 있다면 언젠가는 마주치는 순간이 오지 않겠니?"

나는 말없이 시선을 떨어트렸다.

"아가, 버려지는 아이는 있어도 세상에 소중하지 않은 아이는 없단다. 부모가 그 소중함을 모르는 아이는 있어도, 세상에 소중하지 않은 아이는 없어. 그런데 너는 네 부모에게도 소중했던 아이지 않니?"

할머니는 나를 보며 빙긋 웃었다.

"그러니 기죽지 말고 꿋꿋하게 살렴. 너는 그 누구 못지 않게 소중한 아이야."

"…."

"이게 내가 인간들의 생사에 관여하지 않으면서 의미 있게 돕는 방법이란다."

이제야 할머니의 말이, 그러니까 신의 말이 이해가 갔다.

"우리 또 볼 수 있어요?"

할머니는 의미를 알 수 없는 웃음을 지어 보일 뿐 대답은 하지 않았다.

"이번 생에도, 다음 생에도, 그다음 생에도 너와 나는 만나지 못했을 수 있지. 그런데도 이렇게 만난 건 어쩌면 네 어미의 사랑 덕분이 아닐까 싶구나."

엄마의 사랑에 대해 다 알 순 없었지만 이것만은 분명했다. 내가 할머니를 만난 건 아주 운이 좋은 일이었다.

"신은 못 하더라도 인간의 핏줄들은 생사에 어느 정도 영향을 줄 수 있는 법이지."

"그게 무슨 뜻이에요?"

"조상신이 도왔다는 말을 들어 본 적 있니?"

"네."

"세상을 먼저 떠난 가족이 남아 있는 가족을 간절히 돕고자 하면 인간의 생사에 관여할 수 있다는 뜻이야. 기적은 신이 일으키는 것이 아니라 인간이 일으키는 것이지."

나는 잠시 할머니의 말을 곱씹어 보았다.

"할머니는 인간을 믿어요? 인간을… 좋아해요?"

"글쎄다, 인간의 모습은 참으로 다양하니 내가 모든 인간을 믿는다거나 좋아한다고 할 수는 없을 것 같구나. 하지만 인간은 늘 경이로워. 한계가 어디까지인지 알 수 없거든."

할머니는 그렇게 말하고서 나를 정면으로 바라보았다.

"자, 마지막으로 너에게 선택지를 하나 주마."

할머니가 의미심장한 미소와 함께 손가락을 한 번 튕기자 어느새 내 손에 쪽지 한 장이 들려 있었다.

"나는 너를 도왔는데, 너는 어떻게 할 거냐. 선택은 네 몫이다. 어떤 선택을 하든 정답은 없어. 그렇지만 네가 어떤 선택을 할지 궁금하기는 하구나."

할머니는 그 말을 끝으로 순식간에 눈앞에서 사라졌다. 홀로 남겨진 나는 손에 쥐고 있던 쪽지를 살며시 펼쳐 보았다. 저승사자 아저씨가 쪽지를 두고 갔을 때처럼 어딘가의 주소가 적혀 있었다. 여기는 또 어디지? 나보고 무슨 선택을 하라는 걸까?

☾

세상에 컴컴한 어둠이 내려앉은 시각 나는 쪽지에 적힌

주소지로 향했다. 경숙 아주머니에게는 카페로 바로 돌아가지 못해 죄송하다고 연락을 해 두었다. 주소가 안내한 곳은 4층짜리 상가 건물이었다. 사람이 머물지 않는 듯 불이 모두 꺼져 있어 으스스한 기분이 들었다. 할머니 신은 대체 왜 날 이리로 보낸 걸까.

건물 안으로 들어가 조심스레 계단을 올랐다. 여기서 무슨 나쁜 일이 생긴다 해도 괜찮았다. 어차피 나는 이미 죽은 목숨이니. 고통은 느낄 수 있다 해도 그 사실이 나를 두렵게 하지는 않았다. 건물 꼭대기 층에 다다르자 철제 출입문이 보였다. 아마도 옥상으로 나가는 문일 터였다. 그 문을 열고 밖으로 나가자 여름밤의 뜨거운 열기가 얼굴로 확 달려들었다.

두리번거리며 주변을 둘러보던 것도 잠시, 옥상 한쪽 난간 위에 서 있는 남자의 모습이 강하게 시선을 잡아끌었다. 스스로 목숨을 끊으려는 듯 보였다. 할머니가 이곳의 주소가 적힌 쪽지를 준 건 저 사람을 살리라는 뜻이었을까.

나는 지금 벌어지고 있는 이 일의 의미를 생각해 보며 한 발 한 발 남자를 향해 걸어갔다. 내 삶만으로도 버거워 누군가를 돌아볼 여유가 없던 나에게, 몇 번이고 스스로 목숨을 끊으려던 나에게 누군가를 살리는 일을 맡기다니. 할머니가 나를 너무 과대평가한 것이 틀림없었다.

내 인기척을 느낀 듯 난간 위에 위태롭게 서 있던 남자가 고개를 돌렸다. 그의 얼굴을 본 순간 나는 할머니가 나를 이곳으로 보낸 이유를 반은 이해하고, 반은 이해하지 못했다.

"너…."

그 역시 나를 보고 당황한 듯했다. 당연히 그랬겠지. 나도 지금 이 상황이 뭐가 뭔지 모르겠으니까. 그리고 대체 왜 당신이 여기서 그러고 있는지도.

"네가 여긴 어떻게?"

"오빠는 왜 여기 있어요?"

나는 애써 아무렇지 않은 척 차분히 물었다.

"…."

"동수 오빠."

나는 아주 오랜만에 그의 이름을 불러 보았다.

"여기 어떻게 알고 왔어?"

그가 대답 대신 물었다.

"그냥 어쩌다 보니…."

"어쩌다 보니? 여길 어쩌다 보니 왔다고?"

이런 으슥하고 을씨년스러운 곳에 어쩌다 보니 올 일은 없긴 하지. 내가 생각해도 말이 안 되는 답변이긴 했다.

"너, 다 알고 온 거지?"

"뭘요?"

"모르는 척하지 마. 아무것도 모르면서 여기까지 찾아왔을 리 없어."

대체 뭘 모르는 척하지 말라는 거지? 나는 할머니 신이 준 쪽지를 보고 찾아왔을 뿐이다.

"그래 내가 훔쳤어, 그 돈."

"무슨 소리예요?"

"모르는 척하지 말라니까!"

그가 격앙된 목소리로 소리쳤다.

"내가 편의점 포스기에서 돈 훔친 거 다 알고 온 거잖아."

뭐라고? 내가 지금 무슨 소리를 들은 거지?

"편의점 CCTV 고장 난 거 알고 네 시간에 일부러 들어가서 훔친 거야. 그럼 네 탓인 줄 알 테니까."

그는 묻지도 않은 말을 술술 뱉었다.

"네가 점장한테 두드려 맞는 것도 봤어. 다 봤는데… 그때는 나도 어쩔 수가 없었어."

그가 거친 숨을 내쉬며 시선을 떨어트렸다. 금방이라도 울 듯한 표정이었다. 무슨 말을 해야 할지 좀처럼 떠오르지 않았다. 지금 울고 싶은 것은 나였다. 믿기지 않는 말을 순식간에 쏟아 내고는 어쩔 수 없었다고 변명하는 그를 대체 어떻게 받아들여야 할까.

"거짓말…."

그저 거짓말이라고 믿고 싶었다. 다 사실이 아니라고. 편의점 점장님에게 무자비하게 발길질을 당하던 그날이 떠올랐다. 온몸이 욱신거리는 것 같았다.

"거짓말이라고 말해요. 지금까지 한 말 전부 다."

나는 그를 똑바로 쳐다보며 말했다.

"거짓말이라고 하라고!"

차라리 몰랐으면 좋았을까? 그를 향해 울분을 토해 내는 것밖에는 할 수 있는 게 없었다. 그에게 성큼성큼 다가가 난간에서 끌어내리고 멱살을 잡았다.

"내가 오빠한테 뭘 그렇게 잘못했는데! 나한테 왜 그랬어요. 왜!"

나는 목이 터져라 소리쳤다.

"내가 당신 때문에 어떤 수모를 겪는지 다 봤으면서도 어떻게 그래!"

"미안해."

울먹이는 그의 입에서 자그마한 목소리가 새어 나왔다.

"미안하다면 다야?"

"너무 급해서 제정신이 아니었나 봐."

"그럼 나는? 나는 안 급해? 벼랑 끝에 몰린 나는 어떡하라고!"

"미안해. 정말 미안해."

"당신이 살려고 나를 절벽에서 떨어트린 거잖아. 내가 그렇게 싫었어요?"

"아니야. 네가 싫어서가 아니라 그 방법밖에 생각나는 게 없었어."

나는 그의 멱살을 놓고 힘없이 주저앉았다.

"그래도 살았잖아. 살아 있잖아, 너."

뭐? 나는 귀를 의심하며 그를 올려다보았다.

"내가 죽었으면? 그러면 어떻게 하려고 했는데?"

"…."

"내가 지금 살아 있기만 하면 당신이 무슨 짓을 했든 상관없다는 거야? 진짜 뻔뻔하다."

나는 쓴웃음을 지으며 천천히 몸을 일으켰다. 그는 고개를 떨군 채 말없이 서 있기만 했다.

"그러니까 미안하다고 했잖아."

그가 한참 만에 입을 열었다.

"미안하다고 하면 나는 다 받아들여야 하는 거야?"

"아이씨, 그럼 뭐 어쩌라고. 나도 사정이 있었다잖아!"

이제 그는 태도를 바꿔 적반하장으로 나오기 시작했다.

"당장 내 장기가 팔려 나갈 판인데 어쩌겠어. 편의점 포스기에서 그 쥐꼬리만 한 돈이라도 털어 와야지."

멀리서 경찰차의 사이렌 소리가 들려왔다. 그는 다급해

진 표정으로 어쩔 줄 몰라 하며 옥상을 서성였다.

"또 무슨 죄를 저질렀구나?"

나는 다시 그의 멱살을 부여잡으며 물었다.

"놔."

"싫어."

"이거 놓으라고!"

몸무림치는 그를 놓치지 않기 위해 나는 안간힘을 썼다.

"나는 여기서 죽어도 손해 볼 게 없어. 그러니까 절대 안 놔 줄 거야."

"아이씨, 이게 진짜!"

"난 아무것도 안 무서워."

이제 건물 바로 아래에서 사이렌이 요란하게 울어 댔다. 아마도 경찰들이 계단을 올라오고 있는 중일 것이다. 조금만 더 버티면 된다. 조금만.

"이거 놔!"

"놓으면 어쩔 건데. 여기서 뛰어내릴 거야? 그럼 당신 죗값은?"

"아마 네가 나라도 똑같이 했을걸? 그때 나한텐 그 선택밖에 없었다고."

나는 그의 말에 고개를 끄덕였다.

"그러니까 당신 선택에 대한 책임은 당신이 져. 비겁하게 도망가지 말고."

 옥상 문이 벌컥 열리고 경찰들이 뛰어와 그를 제압했다.

 "김동수 씨, 당신을 절도 혐의로 체포합니다."

 그의 양 손목에 수갑이 채워졌다. 경찰 둘이 양쪽에서 그를 붙든 채 옥상 아래로 끌고 내려갔다.

 "피해자이십니까?"

 경찰 한 명이 나에게 물었다.

 "아니요."

 옥상에서 내려온 나는 건물 앞에 세워진 경찰차를 지나쳐 어두운 밤길을 홀로 걸었다. 늦은 밤인데도 바람 한 점 없이 후덥지근했다. 할머니 신이 동수 오빠가 목숨을 끊으려던 이곳을 나에게 알려 준 이유가 뭘까.

 "송서은?"

 누군가 생각에 잠겨 걷고 있던 나를 불렀다. 고개를 돌려 보니 지난번에 저승사자 아저씨와 함께 있었던 저승사자가 보였다.

 "네가 이 시간에 왜 여기 있는 것이냐?"

 저승사자 아저씨는 늘 무표정한 데다 목소리도 낮고 굵었는데, 이 아저씨는 밝은 얼굴에 목소리 톤도 한층 높았다.

 "길이라도 잃은 것이냐? 왜 이 늦은 시간에 길 잃은 강아지 꼴로 남의 동네를 배회하고 있냐고."

"그러는 아저씨는 여기 어쩐 일인데요?"

"아저씨라니! 나는 선배님보다 나이가 한참 어린데."

저승사자가 어려 봤자지. 뭐 그래. 그렇다 치고.

"저승사자 세계에서는 아직 풋풋한 청춘이란 말이다."

"그럼 인간의 나이로 치면 몇 살인데요?"

"인간 나이로 치면 그러니까… 100, 200, 300…."

"됐어요."

손가락을 꼽으며 셈을 세는 그에게 딱 잘라 말했다.

"어쨌든 나이가 엄청 많은 건 맞네. 그럼 아저씨지."

"야!"

"나잇값도 못 하는 거 같고."

"아이, 이게 진짜! 어디 감히 이제 갓 스무 살밖에 안 된 꼬맹이가 저승사자를 이겨 먹으려 드는 것이냐?"

"신의 명을 거스르지도, 망자를 데려가지도 못하면서."

"뭐?"

우리가 입씨름을 벌이던 사이 어디선가 나타난 저승사자 아저씨가 그의 머리를 콕 쥐어박았다.

"아! 선배님!"

"지금 애하고 뭐 하는 거냐. 거참 수준하고는…."

"저 아이가 먼저 시작했단 말입니다!"

순간 저승사자 아저씨와 내 입에서 동시에 한숨이 새어 나왔다.

"뭐야, 왜 둘이 죽이 척척 맞아? 같이 다니는 파트너는 나인데?"

"아저씨가 힘들겠네요. 저런 후배랑 같이 다니려면."

"여러모로 피곤하긴 하지."

저승사자 아저씨가 동의하듯 답했다.

"그럼 뭐 선배님은 피곤한 스타일이 아닌 줄 아십니까? 제가 그 까칠한 성격을 다 맞추려면…."

눈치 없이 재잘대던 그가 뒤늦게 아저씨의 눈치를 보며 꼬리를 내렸다.

"그… 저는 이만 가 봐야겠습니다. 갑자기 급한 일이 생각나서."

그렇게 말한 뒤 그는 어둠 속 어딘가로 재빠르게 사라졌다. 이제 아저씨와 나 단둘만 남게 되었다.

"낮에는 미안했어요. 쓸모도 없는 저승사자라고 해서…."

나는 조심스럽게 먼저 입을 열었다.

"사람들이 그렇게 사고로 죽는 게 싫어서 신의 탓이다, 저승사자의 탓이다 원망만 했어요. 결국 나도 아무것도 하지 못하면서."

"매번 인간의 죽음을 봐야 하는 저승사자도 안타깝지 않은 건 아니다."

아저씨가 나를 달래듯 나긋하게 말했다.

"신을 원망하기도 하고, 우리가 하는 일에 회의감이 들기도 하지."

나는 가만히 아저씨의 말에 귀 기울였다.

"그럼에도 저승사자는 아무것도 할 수 있는 게 없다. 순리를 거스를 수도, 무언가를 바꿀 수도 없어."

이미 알고 있다. 세상에는 어쩔 수 없는 일들이 더 많다는 것을. 다만 그것을 인정하고 싶지 않을 뿐.

"오늘 어떤 할머니를 만났어요. 자기가 인간세계에서 인간들을 지켜보며 사는 신이라고 하더라고요."

"3대 신이구나."

"3대 신이요?"

"인간의 삶과 관련된 일을 총괄하는 신이지."

"그 할머니 신이 나한테 가 보라고 어딘가를 알려 줬는데, 거기서 생각지도 못한 사람을 만났어요."

"그자가 누구냐?"

"나를 지옥에 빠트렸던 사람이요. 그 사람이 스스로 목숨을 끊으려 하고 있더라고요. 내가 간신히 말렸고, 결국 경찰들이 와서 잡아갔는데 사실 잘 모르겠어요. 할머니가 왜 나를 거기로 보낸 건지, 나한테 뭘 원한 건지."

"너에게 기회를 준 걸 거다."

"기회요?"

"너를 지옥에 빠트린 자를 알 수 있는 기회, 그리고 그자를 네 손으로 어떻게든 할 수 있는 기회. 네가 어떤 선택을 했든 상관없다. 3대 신은 그저 너 스스로 판단하고 결정 내릴 수 있도록 한 것뿐이야."

주소가 적힌 쪽지를 주며 할머니가 했던 말이 떠올랐다. '선택은 네 몫이다. 어떤 선택을 하든 정답은 없어. 그렇지만 네가 어떤 선택을 할지 궁금하기는 하구나.'

"내가 어떤 선택을 했어야 맞는다고 생각해요?"

"네 선택이 무엇이었든 상관없다고 했지 않느냐. 그 선택에 정답이란 없다. 인간은 그저 자신 앞에 놓인 무수한 선택 가운데 하나를 택하고, 그 선택에 대한 결과를 살 뿐이야."

"내가 과연 옳은 선택을 한 건지…."

"결과가 좋지 않다고 해서 꼭 옳지 않은 선택이었던 건 아니고, 마찬가지로 결과가 좋다고 꼭 옳은 선택이었던 것도 아니다. 인생은 그렇게 단순하게 딱 떨어지는 게 아니니."

나는 아저씨의 얼굴을 바라보았다.

"어느 쪽이든 네 마음이 중요한 거지."

"내 마음이요?"

나는 지그시 눈을 감고 숨을 크게 들이마신 뒤 천천히 내쉬어 보았다. 내 마음, 내… 마음. 살며시 눈을 뜨고 다시 아저씨를 바라보았다.

"괜찮아요. 내가 좀 전에 한 선택은 나쁘지 않은 선택이었다고 생각해요."

아저씨가 말없이 고개를 끄덕였다.

"뜻밖의 진실을 마주해 괴롭긴 했지만, 나를 곤경에 빠트렸던 사람이 누군지 알게 되었고, 이제 그가 죗값을 치르게 될 거라는 것도 아니까 마음이 후련해졌어요."

나를 바라보는 아저씨의 눈빛이 조금 달라진 듯했다. 왠지 이전과는 다른 따스함이 묻어 있었다.

"할머니가 나를 그곳에 보낸 이유를 이제 알겠어요. 속시원히 다 털어 버리라고 그랬나 봐요."

나는 가뿐해진 마음으로 미소를 지어 보였다. 평소 무표정한 저승사자 아저씨도 나를 따라 빙긋 웃었다. 너무 희미한 미소라 내가 아니면 알아챌 수도 없었겠지만.

"고마워요, 아저씨."

☾

동수 오빠의 일이 있은 후 나는 다시 경숙 아주머니와 함께하는 일상으로 돌아왔다. 그 일이 큰 충격이었던 건 사실이지만 분노와 미움을 털어 버리고 앞으로 나아갈 수 있는 힘이 생긴 것 같았다. 그 힘이 바로 3대 신 할머니가 내게 준 것이었다.
"이제 슬슬 마감 준비할까, 서은아?"
"네."
어느덧 영업 마감 시간이 다가오고 손님들이 모두 빠져나갔을 무렵, 한 젊은 여자가 카페 안으로 힘없이 터덜터덜 걸어 들어왔다.
"죄송합니다. 오늘은 영업이 끝나서요."
경숙 아주머니의 말에 우뚝 멈춰 선 여자가 처연한 눈빛으로 이쪽을 바라보았다. 한 30대쯤 되었을까. 단발머리의 그녀는 목이 훤히 드러나 보이는 상아색 브이넥 셔츠에 까만 슬랙스를 입고 있었다.
"…사장님이 죽어도 죽지 않는 사람인가요? 옆에 있는 분도 그렇고요?"
생각지도 못했던 갑작스러운 질문이었다.
"그게 무슨…."
"누가 그러더라고요. 이 카페로 가면 나 같은 사람들이 있을 거라고."
나와 경숙 아주머니는 동그란 눈으로 서로를 쳐다보았다.
"표정을 보아하니 맞나 보네요. 딱히 부정하지도 않고."

저 여자는 대체 뭐지? 스스로 목숨을 끊은 사람인 걸까? 이 카페에 죽어도 죽지 않는 사람들이 있다는 건 또 누가 알려 준 거지?

"저도 그래요. 아무리 죽어도 죽지 않아요."

그녀는 초점이 나간 멍한 눈으로 그렇게 말했다.

"몇 년 동안 병치레하시는 엄마 수발을 들었는데 얼마 전에 결국 세상을 떠나셨어요. 그래서 저도 따라갈 생각으로 목숨을 끊었지만, 죽지도 않고 계속 살아 있더라고요. 처음엔 꿈인가 했어요. 근데 여러 번 숨통을 끊어 봐도 안 되자 그제야 진짜구나 하고 깨달았죠."

우리는 카운터 안에 서서 말없이 그녀의 이야기에 귀를 기울였다.

"나를 데리러 온 저승사자가 이상하게 나를 데려가지는 않고 지켜만 보더라고요. 너무 지긋지긋했어요. 재수가 없으려니 이젠 죽는 것도 맘대로 안 되는구나 싶고."

그녀는 쓴웃음을 지었다.

"저승사자가 말하길, 신의 사정이 있어 지금 당장은 아무리 죽어도 데려갈 수 없다는 거예요. 죽은 건 맞는데 일단은 계속 살아야 한다니. 세상은 나를 벼랑 끝으로 내모는데, 신은 죽어도 받아 주지를 않고, 정말 최악이었죠."

손님이 모두 떠난 카페 안에 무거운 적막이 흘렀다.

"그 덩치 좋은 저승사자가 그러더라고요. 이 카페로 가면 나 같은 사람들이 또 있을 거라고. 그래서 와 봤어요. 어떤 사람들인가, 내가 아는 것 말고도 더 아는 게 있나 하고."

"안타깝지만 우리도 더 아는 건 없어요. 아가씨가 알고 있는 그게 전부예요."

한참을 듣고만 있던 경숙 아주머니가 말했다. 젊은 여자는 망연자실한 듯 시선을 떨어트렸다.

"그렇군요…. 엄마도 돌아가시고 남은 건 빚밖에 없는데 죽을래도 못 죽고. 진짜 막막하네요."

그녀가 눈물을 글썽이며 그렇게 중얼거리고 있을 때 누군가 카페 문을 열었다. 그 손님을 본 순간 나는 깜짝 놀라 말문이 막혀 버렸다. 눈앞에 나타난 건 백발의 꼬부랑 할머니… 3대 신이었다.

"쯧쯧, 그럼 살아야지 어쩔 거야. 죽지 못하면 살아야지. 세상에 어디 내 맘대로 되는 게 있나. 죽는 것도 내 마음대로 안 되는 게 인생인데."

3대 신 할머니는 그렇게 말하며 카운터 쪽으로 걸어왔다. 이제 다시는 볼 일 없는 거 아니었나? 나는 전혀 예상치 못한 할머니의 등장에 두 눈만 끔뻑였다.

"아아(아이스 아메리카노)인가 그거 안 돼?"

"아… 이미 마감을 했거든요. 죄송합니다."

경숙 아주머니가 조심스럽게 양해를 구했다.

"에이, 날이 하도 후덥지근해서 아아가 땡기는데. 그럼 그냥 돌아가야 하나?"

할머니는 툴툴대듯 중얼거리더니 나에게로 시선을 돌렸다. 빤히 바라보는 저 눈빛, 내게 원하는 거라도 있으신 건가?

"거기 아가씨, 아아 진짜 안 되나?"

할머니는 다시 한번 내게 선택권을 넘기듯 의미심장한 표정으로 물었다.

"제가 만들게요."

나도 모르게 불쑥 대답이 튀어나왔다.

"할머니 한 분인데 그냥 해 드리죠."

경숙 아주머니는 놀란 기색이 역력했다. 여태껏 내가 먼저 적극적으로 나서서 무언가를 하겠다고 말한 적이 없으니 그런 반응을 보이는 것이 당연했다. 그러고 보면 3대 신 할머니는 내가 참 많은 것을 처음 경험해 보게 했다.

"그래, 그러렴."

다행히 경숙 아주머니가 흔쾌히 내 제안을 받아 주었다.

"지금 해 드릴게요."

나는 할머니를 바라보며 말했다. 할머니는 고개를 끄덕인 뒤, 문 앞에 서 있는 젊은 여자에게 물었다.

"아가씨도 한잔할래? 계산은 내가 할 테니."

"왜요?"

"뭐가?"

"저를 처음 보시잖아요. 근데 왜 저한테 커피를 사 주시냐고요."

"쯧쯧쯧, 까다롭기는. 사 준다고 하면 그냥 감사합니다 하고 넙죽 받아먹으면 될 것을."

"세상에 공짜가 어디 있어요."

"공짜는 없지!"

"거봐요, 그러면서 할머니는 왜 저한테 사 주면 그냥 먹으라고 하시는 건데요?"

"아, 돈 달라고 안 할 테니까 걱정하지 말고 먹어 둬!"

"그럼 장기라도 달라고 하시게요?"

"달라고 하면 줄 거야?"

"그건 안 되죠. 달랑 커피 한 잔 얻어 마시고 장기를 줄 바에는 커피를 안 마시고 말죠."

한 마디도 안 지고 대꾸하는 젊은 여자를 향해 할머니가 혀를 끌끌 차며 고개를 저었다.

"사람이 어떻게 빚 한 푼 안 지고 사나. 배고픈 사람 먹여 두면 먹여 준 사람 아니어도 나중에 어디 다른 데 가서 갚기도 하고 그런 거지."

여자는 할머니의 말에 아무런 대꾸도 하지 않고 경숙 아주머니에게 커피와 토스트를 주문했다. 그러고는 테이블 하나에 자리를 잡고 앉았다. 뒤이어 할머니도 다른 테이블에 자리를 잡았다. 두 사람은 말없이 정적을 지켰고 카페 안에서는 커피 머신이 돌아가는 소리만 날 뿐이었다. 나는 먼저 만들어진 아이스 아메리카노를 할머니에게 가져다주었다.

"이번엔 너한테 온 거 아니다."

커피를 건네려는데 할머니가 목소리를 낮추고 말했다. 나는 멀뚱히 할머니를 바라보았다. 할머니의 시선은 홀로 쓸쓸히 앉아 있는 젊은 여자에게 닿아 있었다. 이번에는 저 여자를 도와주러 나타나신 걸까.

"너는 참 운도 좋지. 같은 생에서 나를 두 번씩이나 보다니 말이야. 한 번도 못 보는 이가 수두룩한데."

분명 나에게 말하고 있었지만 할머니의 시선은 여전히 그녀에게 머물렀다. 내가 카운터로 돌아가자 이번에는 경숙 아주머니가 젊은 여자가 앉아 있는 테이블로 갔다. 아주머니는 커피와 토스트를 내려놓고 맞은편에 앉았다.

"이름이 뭐예요?"

"유연희요."

"나이는요?"

"서른다섯이요."

경숙 아주머니는 조용히 고개를 끄덕였다.

"커피랑 토스트는 입에 맞아요?"
"네, 맛있어요."
"천천히 먹어요. 모자라면 내가 더 만들어 줄 테니까."
젊은 여자의 눈에 눈물이 차올랐다.
"빚은 어쩌다 그렇게 많이 지게 된 거예요?"
"엄마 병원비요. 죽어라 일해도 혼자서는 감당할 수 없더라고요. 나중에는 간병하느라 일을 할 수도 없었고."
"많이 힘들었겠네요…."
잠시 무거운 정적이 흘렀다.
"정 갈 곳이 없으면 당분간 우리 집에 와 있을래요?"
경숙 아주머니가 먼저 입을 열었다.
"아주머니 집에요?"
그녀의 물음에 경숙 아주머니가 고개를 끄덕였다.
"여기 카페 위층이 집인데 2층은 내가 쓰고 있고, 3층은 저 아이가 쓰고 있어요. 2층이든 3층이든 공간을 나눠 쓰면 될 거 같은데, 어때요?"
"…."
그녀는 선뜻 대답하지 못했다.
"쯧쯧쯧, 머뭇거리는 걸 보니 아직 배가 덜 고프구먼."
두 사람의 대화를 엿듣고 있던 할머니가 또다시 혀를 찼다.
"저 아이가 없으면 아가씨가 3층을 쓸 수 있겠네."

할머니가 경숙 아주머니와 젊은 여자의 대화에 큰 소리로 끼어들었다. 생각지도 못한 폭탄 발언에 모두가 놀란 눈으로 할머니를 바라보았다.

"마침 잘됐어. 나도 일손이 필요하던 참이었거든. 저 아이를 내가 데려가야겠어."

"그게 무슨…. 어디로 데려간다는 말씀이세요?"

경숙 아주머니가 당황한 얼굴로 물었다.

"내 가게로."

"가게라니 무슨 가게요?"

"내 가게가 하나 있어."

할머니는 자세한 대답 대신 그냥 그렇게만 말했다.

"무슨 가게인지는 몰라도 저 아이는 아직 어린 나이예요."

"아니, 스물이 어떻게 어린 나이야? 자그마치 20년을 살았는데."

"제가 현재 보호자이기도 하고요."

"설마하니 내가 쟤를 어디다 팔아먹기라도 하겠어? 걱정하지 말어!"

할머니는 내 쪽으로 고개를 휙 돌렸다.

"너, 나 알지?"

"네."

나는 무언가에 홀린 듯 일체의 망설임 없이 대답했다.

"거봐, 나를 안다잖아."

할머니가 만족스러운 듯 씩 웃었다. 경숙 아주머니는 어리둥절한 얼굴로 나를 바라보았다. 아주머니의 눈빛에는 놀람과 걱정, 불안이 뒤섞여 있었다. 나는 그런 아주머니를 안심시켜 드리기 위해 애써 덤덤한 표정을 지어 보였다. 함께한 시간이 길지는 않았지만, 아주머니에게 충분히 받을 만큼 받았다. 덕분에 삶을 버텨 낼 수 있었다.

"굳이 그렇게까지…."

잠자코 상황을 지켜보던 젊은 여자가 입을 열었다.

"아니, 여기서 잘 살고 있던 사람을 내쫓으면서까지 제가 그 자리를 차지하고 싶지는 않다는 뜻이에요. 더군다나 할머니가 어떤 사람인지도 모르는데."

그녀는 또박또박 자신의 생각을 이야기했다.

"나를 못 믿나 본데, 저 아이는 날 아니까 따라갈지 말지는 본인이 선택하게 하는 게 어떻겠어?"

경숙 아주머니는 선뜻 대답하지 못하고 망설였다.

"그냥 제가 여기 안 있으면…."

젊은 여자가 나서며 말했다.

"그럼 너는 어디로 갈래? 길바닥에서 잘래? 남은 거라고는 빚더미밖에 없는 주제에 월세방이라도 구할 수 있냐 이 말이야."

할머니의 따끔한 말에 다시 정적이 찾아왔다.

"자존심이라는 건 이럴 때 내세우는 게 아니야. 뭐 남한테 민폐가 되기 싫다고? 그것도 뭐라도 있는 사람이나 부릴 수 있는 여유야."

할머니는 다시 나를 쳐다보았다.

"너, 나랑 갈래? 안 갈래?"

할머니의 물음은 강요에 가까워 보였다. 그렇지만 여전히 선택권은 나에게 있었고, 할머니가 저 여자를 도와주려고 온 거라면 내가 할머니를 따라 이곳을 떠나는 게 맞는 것 같았다.

"가요."

할머니의 속셈이 뭔지, 할머니를 따라가면 나는 또 어떤 삶을 살게 될지 알 수 없었지만 그럼에도 나는 저 신을 따라나서는 걸 택했다. 이젠 나에게 따뜻한 안식처가 되어 주었던 경숙 아주머니에게 내가 보답할 차례였다. 내가 받은 위로와 보살핌을 다른 이에게 돌려줄 차례였다.

"갈게요, 할머니 따라서."

할머니는 기분이 썩 좋은 표정으로 고개를 끄덕였다.

"봐, 쟤가 날 따라가겠다네? 그럼 이제 된 거지?"

할머니가 경숙 아주머니를 바라보며 물었다.

"걱정하지 말어. 쟤 데리고 가서 구워 먹거나 쪄 먹는 일은 없을 테니까."

할머니는 꼭 동화 속에 나오는 마녀처럼 짓궂게 미소 지으며 너스레를 떨었다.

"보고 싶으면 한 번씩 찾아오든가."

그제야 경숙 아주머니의 표정이 조금 풀렸다.

"찾아가도 돼요?"

"그럼. 저 아이나 내가 찾아오기도 하고. 어때?"

"좋아요."

경숙 아주머니가 드디어 제안을 받아들였다.

"연희 씨가 우리 집으로 들어오겠다고 하면 그렇게 하죠. 할머니가 서은이를 잘 돌봐 주신다는 전제하에요."

"물론이지."

할머니가 자신 있게 말하고서 젊은 여자에게로 시선을 돌렸다.

"이제 어쩔 텐가? 기회는 아무 때나 오는 게 아니야. 왔을 때 잡아야지. 빚 안 갚을 거야? 맨날 손목에 상처나 내고 살 거냐고? 공짜로 먹여 주고 재워 준다는데 왜 마다해! 그깟 체면이 뭐라고."

한참을 머뭇거리던 여자는 조용히 고개를 끄덕였다.

"됐네, 그럼."

할머니는 모든 게 원하는 대로 되었다는 듯 씩 웃었다. 나는 그런 할머니를 빤히 바라보았다. 이게 할머니가 처음부터 원하는 그림이었던 걸까.

☾

나는 3대 신 할머니를 따라 어느 좁은 골목길에 있는 골동품 가게 안으로 들어섰다. 고풍스러운 물건들이 빼곡히 들어찬 모습에 감탄이 절로 나왔다. 고서를 비롯해 괘종시계, 축음기, 티브이, 조명, 각종 액세서리와 유리잔까지 온갖 것들이 사방에 진열되어 있었다.

"할머니가 이걸 다 모으신 거예요?"

"음… 그런 것도 있고, 아닌 것도 있지."

할머니는 그렇게 말한 뒤 나를 흘깃 바라보았다.

"왜 마음에 드는 거라도 있니?"

"아뇨, 하나같이 멋스러워서 보여서요."

"네가 멋을 좀 아는구나."

할머니가 빙긋 웃고는 가게 안을 빙 둘러보며 말했다.

"이 물건들은 쓰임을 잃고 버려졌지만 새것은 절대 흉내 낼 수 없는 멋스러움을 간직하고 있지. 오랫동안 쓰여 이제 쉴 때가 된 것들을 여기서 쉬게 하고 있는 거란다. 긴 세월 쉴 틈 없이 쓰였으니 얼마나 고단했을고."

할머니의 말이 가슴을 울렸다. 사람들은 오래된 물건을 쓸모없고 보잘것없는 것이라 여기지만, 할머니는 그 낡고 허름한 것들을 애정 어린 마음으로 대하고 있었다.

"이곳이 꽤 마음에 드는 모양이구나."

골동품들을 찬찬히 눈에 담고 있던 나에게 할머니가 말했다.

"그분을 도와주러 오신 거였죠?"

경숙 아주머니의 카페를 찾아왔던 젊은 여자를 떠올리며 내가 물었다.

"근데 저는 왜 이리로 데리고 오셨어요? 그분을 도와주려면 이 방법밖에 없었어요?"

"아니, 널 여기로 데려오지 않았어도 그 아이를 도울 방법은 얼마든지 있었단다. 신은 어떤 존재로든 인간의 곁에 늘 있기 마련이거든."

"그럼 왜 저를 데려오신 건데요?"

"글쎄…."

할머니는 말끝을 흐렸다.

"너는 스스로 목숨을 끊은 적이 많지 않니. 그런 이는 천계에서 중죄인으로 친단다. 그러니 지금부터 죗값을 치러야지."

"할머니를 따라오면 죗값을 치르는 거예요?"

"앞으로 내가 너를 열심히 굴릴 거라는 말이다."

할머니가 짓궂은 표정으로 말했다.

"왜, 무섭냐?"

"아니요."

"진짜로?"

"네."

나는 한 치의 흔들림 없이 단호하게 답했다.

"하긴, 그러니 네가 그렇게 여러 번 스스로 목숨을 끊을 수 있었겠지."

"…."

"뭐 놀려 먹을래도 재미가 있어야 말이지."

할머니가 혀를 차며 고개를 저었다.

"그 아이는 위안이 되어 줄 누군가가 필요했단다. 오랜 시간 제 아픈 어미를 놓지 않고 옆에서 병간호하느라 아주 애를 썼지."

할머니의 얼굴에서 안타까움이 느껴졌다.

"그럼에도 그 아이를 돕거나 위로해 주는 이가 한 명도 없었단다. 자신을 희생해 가며 아픈 어미를 끝까지 포기하지 않았는데도 세상은 냉정하기만 했어. 남은 거라고는 빚밖에 없고."

"그래서 그분을 도와주려고 하신 거예요?"

"그런 이가 어디 한둘이겠니? 그저 그 딱한 아이가 내 눈에 띈 것뿐이란다. 너를 보살펴 주던 한경숙 그이도 참 따뜻한 사람이었지. 사고로 한순간에 가족을 잃지만 않았어도 평온히 잘 살았을 텐데 말이야."

말을 마친 할머니는 가게 한쪽에 있는 카운터로 향했다. 유리로 된 카운터 겸 진열장 위에는 자그마한 계산기와 검은 노트가 놓여 있었다. 할머니는 진열장 아래 나무 서랍에서 돋보기안경을 꺼내 썼다. 그러고는 노트를 펼치고 골똘히 보기 시작했다.

"뭐 보세요?"

"장부."

"장부요?"

"그래, 처리해야 할 일이 좀 있어서 말이다."

"근데 저는 이제 여기서 뭐 해요?"

내 물음에 할머니가 고개를 들었다.

"이곳은 삶의 끝에 선 사람들도, 죽은 이들도 오는 곳이란다."

나는 놀라서 눈을 동그랗게 떴다.

"그들 모두 이곳에 목적을 가지고 오지. 누군가는 필요한 물건이 있어서, 누군가는 자신의 이야기를 늘어놓으려고, 또 누군가는 신을 만나기 위해 찾아오기도 한단다."

이 골동품 가게는 내가 생각했던 것보다 더 대단한 곳임이 틀림없었다.

"너는 그저 그들의 이야기를 들어 주렴. 그리고 나와 그들의 다리 역할을 하면 돼. 그것이 내가 너를 이곳으로 데려온 이유다. 굳이 너를 데려오지 않고도 연희라는 아이를 도울 수 있었지만, 너와 함께 있으면 심심하지는 않을 것 같기도 했고."

할머니가 빙긋이 웃었다.

"이곳에서 많은 걸 보고 듣고 느끼고 배우고 가렴. 너는 아직 앞길이 창창한 스무 살이지 않니."

"그렇지만… 저는 어차피 죽은 사람인걸요."

"그래도 이런저런 일들을 경험해 두면 다 쓸모가 있을 거다. 꼭 이번 생에서가 아니어도 언젠가는 너에게 도움이 될 거란 말이지."

"근데 할머니는 왜 저를 도와주세요?"

"글쎄다, 내가 너를 도와준다고 생각하니?"

"돌아가신 부모님을 보여 준 것도 그렇고, 동수 오빠를 만나게 해 준 것도, 그리고 이번에도 저한테 기회를 주시잖아요. 제가 뭔가 깨닫고 마음을 정리할 수 있게."

"그건 네가 현명해서 그런 거다. 하나를 보여 주면 열을 스스로 깨우치잖니. 너는 참 기특하고 대견한 아이야."

내가… 정말 그런가?

"그럼 맨 처음엔 왜 제 앞에 나타나신 거예요?"

"네가 나를 지나쳐 가던 중이었을 수도 있지."

"제 이름을 알고 계셨잖아요. 아는 척도 먼저 하셨고요."

"실은… 네 어미가 나에게 사정을 하더구나."

뜻밖의 대답에 나는 적잖이 놀랐다.

"사람이 죽은 지 오래되면 영혼에도 힘이 생긴단다. 네 어미는 네가 세상에 태어난 날 떠났으니 이제 20년이 됐겠구나."

그렇다. 엄마가 세상을 떠난 지도 벌써 20년이 되었다.

"내가 말했잖니, 너는 네 부모에게 더없이 소중하고 귀한 존재라고. 사람은 누구든 자신을 돕는 존재 하나쯤은 있기 마련이란다."

"…"

"너는 네 어미가 그 뭐랄까… 그래, 인간들이 말하는 수호신 같은 존재라고 생각하면 되겠구나."

할머니가 하는 말을 듣고 있자니 목이 메어 왔다. 엄마는 죽어서도 나를 도우려 애쓰고 있었다. 내 곁을 떠난 뒤에도 단 한 번도 나를 잊은 적이 없었다.

"아가, 삶이 많이 고되긴 하지만 늘 그렇기만 한 건 아니란다. 너를 두고 떠나는 것들이 있으면 또 네 곁으로 다가오는 것들도 있어."

눈시울이 점점 뜨거워졌다.

"왜 나한테만 나쁜 일이 일어나는 걸까, 왜 유독 내 인생이 이렇게 힘든 걸까, 신은 왜 나한테만 가혹할까, 라고 사람들은 생각하지. 하지만 그건 말이다…."

할머니는 말을 멈추고 잠시 숨을 골랐다.

"신의 뜻도, 신의 장난이나 괴롭힘도 아니란다. 그저 자신에게 주어진 운명이자 숙명이고, 살면서 풀어 나가야 할 과제인 것이지."

본인의 의지나 선택과는 무관하게 주어진 삶을 그저 운명이라 여기며 받아들여야 한다니, 그건 너무 잔인한 일이 아닌가.

"내가 보기에도 심히 딱하고 안쓰러운 삶들이 있단다. 그래도 어쩌겠니, 다 똑같은 삶을 살 수 없는 게 세상의 이치인 것을."

뺨 위로 눈물이 또르르 흘러내렸다.

"그래서 나는 유독 그런 인간들을 더 응원하게 되더구나. 그럼에도 포기하지 말고 잘 살아 보라고, 꿋꿋하게 이겨 내 보라고 말이야. 얼마든지 해낼 수 있으니."

나는 손등으로 눈물을 닦아 내고 할머니를 바라보았다.

"너도 그중 하나지. 고되게 살아온 만큼 마음이 가고 응원해 주고 싶단다."

할머니가 인자한 미소를 지으며 나와 눈을 맞추었다.

"그러니 여기서 지켜보렴. 다른 이들의 삶과 죽음을. 그게 세상을 떠날 너에게 내가 줄 수 있는 가장 큰 선물이란다."

☾

할머니의 골동품 가게에서 내가 제일 처음으로 맞이한 손님은 중저음의 목소리를 가진 50대 남자였다.

"여기가 그 골동품 가게입니까?"

남자는 안으로 들어서자마자 그렇게 물었다.

"여기 사장님이 원하는 걸 다 들어주신다고 하던데…."

"우선 저한테 말씀하시면 사장님께 전해 드려요."

카운터 안쪽에 서 있던 나는 떨리는 마음을 애써 감추며 할머니가 시키신 대로 말했다.

"아…."

예상대로 남자의 얼굴이 어두워지자 할머니가 했던 말이 떠올랐다. '네가 이곳의 주인이 아닌 걸 알게 되면 사람들이 쉽게 입을 열려 하지 않을 거다. 사람은 자신이 신뢰할 수 있는 존재에게 입을 여는 법이거든. 여기 찾아온 사람들이 너에게 입을 열도록 능력을 발휘해 보거라. 그들의 이야기

를 나에게 전해 주는 것이 네가 여기서 할 일이니.'

"불편하시면 말씀하지 않으셔도 돼요."

나는 최대한 상대에게 부담을 주지 않으려고 했다. 그것이 내 나름의 전략이었다. 상대가 마음을 열 준비가 될 때까지 어떠한 강요도 없이 묵묵히 기다려 주는 것.

남자는 곧바로 돌아가지 않고 뭔가를 고민하는 듯 잠시 머뭇거리고 있었다. 나는 그 타이밍을 놓치지 않고 침착한 어조로 말했다.

"혹 마음이 바뀌면 언제든 말씀하시고요. 뭔가를 해결해 주는 건 사장님이지만, 이야기를 들어 드리는 건 저도 할 수 있거든요."

"사실 내가…."

한참을 망설이던 남자가 드디어 입을 열었다. 그러니까 남자의 이야기를 정리해 보자면 이랬다. 남자는 얼마 전 병원에서 위암 판정을 받은 암 환자였다. 이른 나이에 호기롭게 시작한 사업을 말아먹고 가까스로 재취업에 성공해 직장에 다녔지만, 그마저도 경기가 안 좋아지면서 정리 해고를 당했다. 결국 공사판에 뛰어든 남자는 막노동을 하며 근근이 살아가고 있었는데, 불의의 사고로 하루아침에 가족을 다 잃게 되었다. 그나마 힘이 되었던 가족마저 떠나자 죽지 못해 사는 지경에 이르렀고 그 와중에 암 판정까지 받아

스스로 목숨을 끊으려는 시도를 했다.

문제는 이 남자 역시 목숨을 끊어도 죽지 않는, 아니 죽지 못하는 사람 중 한 명이었다. 우연한 기회에 말만 하면 뭐든 다 들어주는 골동품 가게가 있다는 이야기를 듣게 되어 속는 셈 치고 한번 와 봤는데, 사장님은 없고 나이 어린 내가 혼자서 가게를 지키고 있었던 것이다.

그의 사연을 끝까지 다 들었는데도 어떤 말을 해야 할지 좀처럼 떠오르지 않았다. 내가 선뜻 말을 꺼내지 못하고 주춤대자 그가 '역시 안 되겠네요'라고 말했다. 나는 그의 얼굴을 빤히 바라보았다. 일말의 희망을 가지고 찾아왔는데 자신이 맞닥트린 건 역시 희망이 아닌 절망이었음을 깨달은 자의 표정. 그의 희망이 절망으로 바뀌어 버린 순간 심장이 쿵 내려앉았다.

"여기 오면 진짜 죽을 수 있을까 했는데…."

그를 그대로 돌려보낼 수는 없었다. 어차피 죽어도 죽지 못하는 남자가 다시 목숨을 끊는다 해도 바로 죽을 일은 없겠지만, 그렇다 해도…. 그 순간, 이 남자를 돕고 싶다는 간절한 마음 덕분이었는지 불현듯 전에 저승사자 아저씨가 나한테 했던 말이 떠올랐다. 아프지 않을 수 있다면 아프지 않는 게 좋다던 그 말. 지금 내 눈앞에 있는 남자 역시 아프지 않을 수 있다면 아프지 않는 편이 좋지 않을까?

"제가!"

돌아서려던 그를 향해 다급히 소리쳤다. 다시 몸을 돌린 남자가 공허한 눈빛으로 나를 바라보았다.

"뭘 해결해 드릴 수는 없지만…."

거기까지 말하고 나서 말문이 턱 막혀 버렸다. 그러니까 이다음은 뭐라고 해야 하는 거지? 대체 뭐라고 해야 이 남자에게 도움이 될 수 있을까? 어설픈 위로는 오히려 상황을 악화시킬 수 있기에 나는 더욱 신중하지 않을 수 없었다. 내가 이 남자에게 해 줄 수 있는 말이라고는 그저….

"아저씨는 충분히 잘하셨어요."

그런 힘없는 한마디뿐이었다.

"할 수 있는 최선을 다하신 거예요. 그러니 너무 자책하지 마세요."

그는 한동안 아무런 말도 하지 않은 채 나를 쳐다보기만 했다. 내 말이 틀린 건가. 역시 남자의 고통을 위로하기에는 역부족인 말이었나. 무력함이 느껴지자 슬프면서도 스스로에게 화가 났다.

"고마워요."

하지만 그는 내가 생각지도 못한 말을 했다. 여전히 슬퍼 보이는 눈과 대비되는 환한 미소가 얼굴에 떠올랐다. 내가 고심 끝에 건넨 말이 남자에게 가닿은 모양이었다.

"그렇게 말해 줘서 고마워요."

나는 안도의 웃음을 지어 보였다. 진심으로 그가 조금이나마 마음의 짐을 덜 수 있기를 바랐다.

그날 늦은 오후가 되어서야 골동품 가게로 돌아온 할머니는 내가 말하지도 않았는데 첫 손님이 다녀간 사실을 알고 있었다.

"너 제법이더라?"

할머니가 기특하다는 표정으로 말했다.

"사람들의 이야기를 듣고 내게 전해 주는 다리 역할을 하라고 했는데 아예 해결을 해 버리더구나. 알아서 척척. 제법이야, 꼬맹이."

할머니의 칭찬이 왠지 낯간지러우면서도 싫지는 않았다.

"삶이 버거워 스스로 목숨을 끊던 아이가 이젠 벼랑 끝에 서 있는 누군가를 위로하기도 하고. 많이 컸구나."

할머니는 카운터 앞에 앉으며 말했다.

"첫걸음을 내디뎠으니 이제 두 번째, 세 번째 걸음은 그보다는 수월하겠지. 그렇게 하다 보면 살아생전에 지은 빚을 다 갚을 수 있을 거다."

"네? 빚이요?"

"이곳에서 열심히 일하면 네 죗값을 치를 수 있을 뿐 아니라 사는 동안 사람들한테 진 금전적인 빚도 갚을 수 있다는 얘기다. 아니 잠깐, 네 부모가 진 빚도 네가 갚는 걸로 하자꾸나."

"…."

"그래도 나는 신이라 인간들처럼 악독하지는 않으니 열심히 하면 열심히 하는 만큼 빚을 탕감해 주마."

"네."

나는 살며시 미소 지으며 답했다.

"그나저나 너는 다시 태어나면 뭐가 되고 싶으냐?"

할머니의 뜬금없는 질문에 나는 말문이 막혔다. 그런 걸 생각해 봤을 리 없었다. 이번 생을 사는 것만으로도 벅찼으니까.

"모르겠어요. 생각해 본 적 없어서."

"그럼 이제부터 생각해 보렴."

"왜요?"

"이번 생이 끝이 아닐 수도 있지 않니."

"끝이 아니에요?"

"그건 나도 모르지."

"어차피 다시 태어날 수 없는 거라면 생각해 봤자 아무 소용 없잖아요."

"생각해 본다고 뜻대로 되는 건 아니지만 손해를 볼 것도 없지 않겠니?"

할머니는 그렇게 말하고 나서 벌떡 일어나더니 가게 출입문 쪽으로 향했다.

"근데 할머니."

할머니는 말없이 나를 돌아보았다.

"저를 처음 만났을 때는 꼬부랑 허리로 지팡이를 짚고 계시지 않았어요?"

"그랬지."

"근데 왜 요새는 지팡이를 안 들고 다니세요?"

"내 마음이다."

할머니가 퉁명스럽게 받아쳤다.

"왜 불만 있냐?"

"…아니요."

할머니는 혀를 끌끌 차며 문을 열고 가게를 나섰다.

삶의 끝에 선 사람들도, 죽은 이들도 찾아오는 할머니의 골동품 가게. 죽어도 죽지 못하는 나는 이 세상에서 얼마나 더 살아야 하며, 나와 비슷한 처지의 이들을 여기서 얼마나 더 마주해야 하는 걸까. 저승사자들도 이런 기분을 느낄까. 어쩌면 죽은 이들을 보며 무한의 삶을 살아야 하는 저승사자들이 더 고된 존재인지도 모르겠다.

눈앞에 펼쳐진 골동품들을 찬찬히 훑어보았다. 본래 주인도, 이 가게로 흘러 들어온 경로도 다른 물건들은 삶을 다녀간 이들이 남긴 흔적이라는 생각이 들었다. 쓸모가 없어진 것이 아니라 이제 쉴 때가 된 것들. 그 쉼의 느낌은 지친 삶을 내려놓고 싶어 하던 나의 쉼과는 다르게 느껴졌다. 이 세상을 살다 간 이들의 흔적으로 남은 골동품들이 평온함 속에 고요히 잠들어 있었다.

죽지 않는

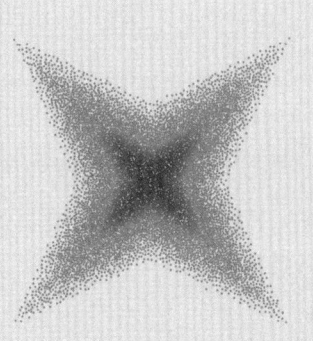

사람들

"서은이!"

그 아이가 일하던 카페를 지나쳐 걷고 있을 때 다급한 경숙의 목소리가 들려왔다.

"어떤 할머니가 와서 데려갔어…."

"알고 있네."

"알고 있어?"

"3대 신이 와서 그 아이를 데려갔지."

"3대 신?"

"인간계에 머물며 인간들의 삶을 지켜보는 신일세."

경숙은 걱정스러운 얼굴이었다.

"나쁜 신은 아니니 괜찮을 걸세. 너무 걱정하지 말라고 말해 주는 거야."

"서은이를 나한테 부탁했는데 끝까지 같이 있어 주지 못했어…."

면목 없다는 듯 경숙이 말끝을 흐렸다. 그런 그녀에게 나는 나긋한 목소리로 말했다.

"마음에 안 드는 저승사자의 부탁을 들어주어 고마웠네. 그만하면 됐어. 자네의 도움은 내가 꼭 기억하겠네."

경숙은 말없이 나를 바라보았다.

"늘 죽음이 간절했던 아이가 이곳에 온 뒤로는 웃을 줄도, 다른 이를 살필 줄도 알더군."

"그건 다 그 아이의 능력이지. 생각보다 강하고 따뜻한 아이야."

"자네 덕분일세."

"어느 저승사자 덕분이지."

경숙이 웃으며 중얼거렸다.

"서은이는 어디 가서도 잘할 테니 너무 걱정하지 말게."

"사장님!"

안에 있던 젊은 여자 하나가 카페 문 밖으로 고개를 빼꼼 내밀고는 경숙을 불렀다.

"어, 연희 씨."

"좀 와 보셔야 할 것 같아요."

"지금 가요!"

경숙은 고개를 살짝 숙여 인사하고는 카페로 뛰어갔다.

저 여자가 그 아이의 빈자리를 채우고 있는 건가.

나는 다시 가던 길을 갔다. 뜨거운 여름 뙤약볕이 내리쬐고 있었다. 인간계의 여름은 정말이지 고역이었다. 이 숨 막히는 더위를 어떻게들 견디고 살아 내는지. 가끔은 인간들이 참 대견하게 느껴졌다.

"선배님!"

저 앞에서 후배가 손을 흔들며 달려왔다.

"3대 신이 계신 곳을 찾았습니다."

내 앞에 멈춰 선 그가 숨을 헐떡이며 말했다.

"이번에는 골동품 가게를 하고 계신다더군요."

3대 신은 매번 다른 모습으로 세상에 머물며 인간들을 지켜보았다. 때마다 나이나 성별, 직업도 다 달랐다.

"골동품 가게라…. 3대 신에게 딱 안성맞춤이긴 하군."

"서은이 그 아이에게 가게를 맡기고 3대 신께서는 밖으로 돌아다니신다는 이야기도 들었습니다."

"자신의 가게를 인간에게 맡기다니 그 아이를 꽤 신뢰하시는 모양이구나."

후배가 말없이 고개를 끄덕였다.

"가 보실 겁니까?"

"그건 내가 알아서 하지."

나는 그렇게 말한 뒤 발걸음을 옮겼다.

"하여튼 정성이십니다. 평소에 이성적이고 냉철하신 선배님께서 유독 그 아이에게만은 이리도 관심을 쏟으시니 말입니다."

후배가 종종걸음으로 쫓아오며 말했다.

"저한테도 관심 좀 가져 주십시오."

발걸음을 우뚝 멈춰 세우고 후배를 물끄러미 바라보았다.

"3대 신의 행방을 알아낸 것도 저 아닙니까."

"좋다. 다음엔 네가 원하는 걸 하나 들어주도록 하지."

"정말이십니까? 뭐든요?"

나는 고개를 끄덕였다.

"분명 저하고 약속하셨습니다? 나중에 다른 소리 하기 없기입니다?"

"나는 지킬 말만 한다. 지키지 못할 약속 따위는 입 밖으로 꺼내지도 않아."

후배가 알려 준 대로 3대 신의 골동품 가게를 찾아왔다. 큰길에서 좁은 골목길로 들어서 얼마간 걷다 보니 미닫이문이 달린 가게 하나가 눈에 들어왔다. 세월의 흔적이 고스란히 드러나는 외관이나 가게 앞에 서 있는 낡아 빠진 자판기로 보아 이 가게가 맞는 것 같았다. 누가 봐도 3대 신의 취향이었다.

"허이구, 죽음의 저승사자가 여기까지 찾아온 거야? 그 아이를 보려고?"

등 뒤에서 나이가 지긋한 할머니의 목소리가 들려왔다. 고개를 돌려 보니 백발의 할머니가 구부정한 자세로 나를 쳐다보며 서 있었다. 이번에는 이런 모습인 건가.

"그 아이가 없어져 어지간히도 똥줄이 탔나 보구먼."

3대 신이 그렇게 말하고는 껄껄 웃었다.

"걱정하지 말아. 자네가 아끼는 아이라는 걸 내 잘 알고 있으니. 못 살게 구는 일 없을 테니까 안심하라고."

"…."

"자네가 책임지고 데려가야 할 망자가 아닌가. 데리러 올 때까지 내가 잘 돌보고 있지."

"그 아이를 곁에 두시는 이유가 뭡니까."

의중을 알 수 없는 3대 신에게 물었다.

"그 아이가 그리도 마음이 쓰여?"

대답하는 대신 3대 신이 되물었다.

"그저 자신이 데려가야 할 망자라서는 아닐 테고…."

"굳이 아이를 여기로 데려오지 않고도 3대 신께서 돕고자 하는 이는 충분히 도울 수 있었을 텐데 말입니다."

"쯧쯧, 그 아이도 자네도 너무 피곤하단 말이지."

3대 신이 혀를 차며 고개를 저었다.

"그냥 내가 데리고 있고 싶어서 그랬어. 그 아이를 향한 자네의 마음이 어느 정도인지는 모르겠으나, 내 마음 또한 자네 못지는 않을 걸세. 나도 개가 꽤 마음에 들거든. 그러니 너무 걱정하지 말라고."

나는 망자를 천계로 인도해야 하는 저승사자로서의 사명을 다하고 있을 뿐이었다.

"참 별일이구먼. 여간해서는 누구에게도 마음을 주지 않는 자네가 아끼는 아이가 있다니. 역시 오래 살고 볼 일이야."

3대 신은 피식 웃고서 자리를 떠났다.

"아저씨."

이번에는 그 아이의 목소리였다. 아까 골동품 가게 앞에 도착했을 때는 분명 보지 못했는데, 아이가 문 앞에 서서 나를 바라보고 있었다. 언제부터 저기 있던 거지?

"아저씨, 나 아껴요?"

"…"

"왜요?"

그러니까 딱히 이 아이를 아낀다기보다는….

"아저씨… 나 좋아해요?"

아이의 입에서 생각지도 못한 소리가 툭 튀어나왔다.

"좋아하냐고요?"

그럴 리가. 어떤 의미에서든 그럴 리는 없다. 저승사자가 죽은 자를 좋아할 리도, 몇백 살이나 먹은 내가 이제 겨우 스무 살인 아이를 좋아할 리도.

"왜 아무 말도 안 해요?"

그러니까, 분명 아닌데, 아니라는 말이 좀처럼 입 밖으로 나오질 않았다.

"진짜 나 좋아해요?"

마음이 뭔가 이상했다. 알 수 없는 무언가가, 너무 오래되어 희미해져 버린 무언가가 가슴속에서 꿈틀댔다.

"죽은 자를 데려가는 저승사자가 죽은 자를 좋아한다니 좀 웃기긴 하네요."

그렇게 말하면서도 아이는 수줍은 듯 고개를 숙였다.

"근데…."

다시 나를 올려다보는 아이의 눈빛이 진지해졌다.

"나를 좋아하는 게 맞으면, 앞으로도 계속 좋아해요. 아저씨가 나 좋아하는 거… 싫지 않으니까."

환하게 웃고 있는 아이와 눈이 마주치자 마음이 뜨겁게 달아올랐다. 아니, 아니다. 이건 분명 한여름의 열기 탓일 거다. 이런 상황은 나 같은 시커먼 저승사자와는 전혀 어울리지 않았다.

그날 이후 나는 마음이 무겁고 머릿속이 복잡한 나날을 보내고 있었다.

"선배님, 무슨 일 있으십니까?"

후배가 걱정스러운 듯 물었다.

"요 며칠 상태가 안 좋아 보이십니다."

"아니다."

"근데 왜 그러십니까?"

"아무 일도 없고, 아무렇지도 않다."

나는 최대한 덤덤히 답했다.

"아닌데…."

후배가 고개를 갸웃거렸다.

"며칠 전 서은이 그 아이를 보러 가셨었죠?"

서은이라는 이름에 순간 뜨끔했다.

"그 아이와 무슨 이야기를 나누셨습니까? 그날 이후로 이상해지신 걸 보니, 아무래도 둘 사이에 무슨 일이 있었던 것 같습니다."

"별 얘기는 안 했다."

"근데 왜 그렇게 표정이 어두우십니까? 평소보다 더 어둡지 말입니다."

"글쎄…."

나는 대답을 얼버무렸다.

"그 아이가 선배님한테 뭐라고 한 거 아닙니까?"

포기하지 않고 계속 질문을 해 대는 후배가 참으로 성가셨다. 나를 향해 미소 짓던 그 아이의 얼굴도, 자기를 좋아하냐 묻던 그 아이의 물음도 다 성가시기만 했다. 자꾸만 머릿속을 맴돌고 속을 헤집어 댔다.

"선배님."

또다시 들려온 후배의 목소리에 나는 신경질적으로 그를 돌아보았다.

"저기…."

그가 가리키는 곳으로 눈을 돌려 보니 한 젊은 남자가 길바닥 한가운데서 저승사자 둘을 붙잡고 실랑이를 벌이고 있었다.

"아, 저 좀 제발 데려가 달라고요!"

발을 동동 구르며 소리치던 그는 이제 딱딱한 아스팔트 바닥에 무릎을 꿇고 애원했다.

"내가 죽었다면서 왜 안 데려가는 거예요. 여기 있으면 장기 다 털리고 진짜 험한 꼴 당해요. 어서 데려가 주세요."

그를 지켜보던 후배가 고개를 저었다.

"사채라도 끌어 쓴 걸까요."

나는 말없이 상황을 좀 더 지켜보았다.

"제발 나 좀 데려가라고! 빚더미에 올라앉아 신체 포기 각서 쓰고 사채까지 빌린 마당에 안 죽으면 나보고 어떡하라고! 아, 진짜 미치겠네!"

두 손 모아 싹싹 빌어도 저승사자들이 꼼짝하지 않자 젊은 남자는 다시 목소리를 높였다.

"쯧쯧, 살아 있어도 죽으니만 못한 인생. 저자도 참 딱하네요. 그러고 보면 인간들이 제일 잔인하지 말입니다. 인간이 같은 인간을 저렇게 되도록 내몰다니."

인간의 잔혹함은 때로는 신도 혀를 내두를 정도였다.

"저자도 소환이 뒤로 미뤄진 걸까요?"

"그렇겠지."

세상이 견딜 수 없이 각박해서 죽은 건데, 죽어도 죽을 수가 없다니. 이게 다 그 망할 신 때문이다. 왜 망자의 소환을 뒤로 미뤄서는.

"데려가 주면 뭐든 다 할게요. 지옥 가서 벌 받으라면 얼마든지 받을게요. 그러니까 제발 저 좀 데려가 주세요."

하지만 저승사자들은 끝내 그를 내버려둔 채 차갑게 돌아서 버렸다. 어쩔 수 없지. 신의 명이니 저승사자들은 그저 따를 수밖에.

자리를 옮긴 나와 후배의 눈앞에 또 다른 실랑이 장면이 펼쳐졌다.

"저기는 또 무슨 일일까요."

연령대와 성별이 제각각인 여러 명의 망자와 저승사자가 길 한복판에 몰려 있었다.

"아니, 죽었잖아요. 죽었으면 데려가야지 왜 안 데려가냐고요."

"이젠 죽는 것도 안 돼요? 그럼 대체 되는 게 뭐예요?"

"당신들, 죽은 사람 데려가는 저승사자잖아. 죽은 사람을 안 데려간다면 저승사자가 왜 필요해!"

망자들은 너 나 할 것 없이 자신들을 소환해 가지 않는 것에 대해 불만을 쏟아 내고 있었다.

"아니, 이렇게 감정적으로들 나오실 게 아니라니까요?"

"저승사자라고 일을 안 하고 싶겠습니까?"

"지금 당장 소환을 해 주고 싶어도…."

답답한 것은 저승사자들도 마찬가지였다. 소환을 하기 싫어서 하지 않는 것도 아닌데, 망자가 된 인간들은 매일같이 애꿎은 저승사자에게 따지고 들었다. 실은 자기 마음대로 소환을 늦춰 버린 게으른 원로 신에게 따져야 할 일인데 말이다.

"저 많은 이들이 다 소환이 뒤로 미뤄진 겁니까?"

후배가 의아하다는 표정으로 물었다.

"그런 것 같구나."

"이상하네요. 분명 원로 신의 명은 스스로 목숨을 끊은 자들의 일부였던 걸로 아는데. 소환이 미뤄진 자들이 대체 언제 저렇게 늘어난 걸까요?"

"글쎄, 내가 알 턱이 있나."

나는 그저 그렇게 중얼거렸다.

"제발 저라도 좀 데려가 주세요. 네? 저는 진짜 너무 힘들어요!"

"아, 누구는 안 힘들어요? 나도 힘들다고요!"

급기야 망자들 사이에서도 실랑이가 벌어졌다.

"회사에 지원하는 족족 다 떨어지고, 자존감은 바닥인데 주변에서는 뭐라고 하는지 알아요? 내가 눈이 높아서 취직을 못 하는 거래요. 아직 배가 덜 고파서 그런 거라고 한다고요. 발 아프게 면접 보러 다녀도 아무도 안 알아줘요. 내 노력은 봐 주지를 않아요."

"맨날 야근하느라 집에도 제때 못 들어가는데 사장이 실적 더 못 올리겠으면 사표 쓰고 나가라더라고. 집에 대학 다니는 애가 둘이나 있는데. 그러니 내가 살겠냐고."

"다들 그래도 힘들다고 말은 할 수 있잖아요. 난 어디 가서 말도 못 해요. 길 가다 모르는 남자한테 성폭행당한 거 입 밖에 낼 수나 있어요? 상처도 비난도 다 당한 사람 몫인데."

 더 이상 갈 곳 없는 삶의 끝에서 스스로 생을 포기한 망자들이 자신들의 아픔을 토로하며 저승사자에게 빌고 또 빌었다. 고단하고 숨 막히는 삶을 제발 좀 끝내 주기를 바라고 또 바랐다.

"아무래도 천계에 가 봐야겠구나."

"천계에요? 원로 신을 뵈러 갈 작정이십니까?"

 후배의 물음에 나는 고개를 끄덕였다.

"이대로 있다가는 세상에 더 큰 혼란이 오겠어. 망자들 사이에도 그렇고 말이야."

"오늘 우리가 소환해야 할 망자도 소환이 뒤로 미뤄졌지 말입니다."

"답답한 일이로구나."

"그래도 일단 가서 망자 명부는 읊어야겠지요?"

 나는 깊은 한숨을 내쉬었다.

"가자."

"네."

 나는 후배와 함께 망자에게로 향했다.

 우리가 도착한 곳은 오래된 4층짜리 빌라 건물 여러 채가 들어서 있는 빌라촌이었다. 망자의 집은 방 두 칸에 주방

겸 거실이 딸린 구조였다. 단출하기 짝이 없는 살림살이에 사람이 살고 있는 게 맞나 싶었다. 불을 켜지 않아 어둑한 집 안을 둘러보며 망자를 찾기 시작했다.

작은 방에 들어가 보니 누군가 이불을 푹 뒤집어쓴 채 누워 있었다. 후배가 조용히 다가가 몸을 낮추고 이불 속을 슬쩍 들여다보자, 누워 있던 망자가 기척을 느낀 듯 꿈틀거리며 힘없이 물었다.

"누구세요?"

"내가 보이나?"

후배의 물음에 젊은 여자가 천천히 이불을 걷으며 모습을 드러냈다. 산발된 머리, 핏기 없는 얼굴. 눈 밑에는 다크서클이 짙게 자리 잡고 있었다. 여자는 힘겹게 몸을 일으켜 앉았다.

"여긴 어떻게 들어오셨어요?"

그녀는 퀭한 눈으로 나와 후배를 번갈아 보며 물었다.

"자네는 죽었네."

여자의 얼굴에 살짝 놀란 기색이 비쳤다.

"스스로 목숨을 끊었지? 왜 그럴 생각을 했나?"

"죽으면 신께서 도와준다고 하셨어요."

잠자코 있던 여자가 뜻밖의 대답을 했다. 후배와 나는 놀란 표정으로 서로를 쳐다보았다.

"그게 무슨 말이지?"

후배가 물었다.

"신은 스스로 목숨을 끊은 자들을 가엾이 여긴다고 하셨어요. 그래서 새로운 삶을 주신다고요."

"대체 누가 그런 헛소리를?"

"목사님께서 말씀하셨어요."

"목사님?"

도무지 이해할 수 없는 소리에 후배와 내 눈이 다시 마주쳤다. 대체 어떤 목사가 그런 말도 안 되는 헛소리를 지껄인단 말인가. 목사라는 신분 뒤에 숨어 나약한 인간의 마음을 쥐고 흔드는 악마의 짓인 거겠지. 적어도 내가 아는 목사는 신을 팔아 인간이 스스로 목숨을 버리게 하는 존재가 아니었다.

"스스로 목숨을 끊은 자는 중죄인이다."

나는 단호히 말했다.

"신은 스스로 목숨을 끊은 이를 도와주지 않아. 스스로도 포기하는 삶을 왜 신이 도와줄 거라 생각하는 거지? 천계의 중죄인에게는 그저 엄벌이 따를 뿐이다."

"아니요. 목사님께서 분명 그러셨어요. 신은 스스로 목숨을 끊은 이들을 보살펴 주신다고요."

"그러니까…."

이번에는 후배가 나서 말했다.
"그 목사가 사이비인 게지."
"사이비라니요! 우리 교회는 그런 곳이 아니에요."
"신이 저승사자인 우리와 더 가깝겠나, 교회 목사인지 사이비인지하고 더 가깝겠나?"
"저승사자라고요?"
"그래 저승사자. 이 시커먼 복장만 봐도 딱 느낌이 오지 않나?"
그녀는 말문이 막힌 듯 굳게 입을 다물었다.
"아무리 목사라 해도 그래 봤자 인간인 것을 어디 저승사자보다 더 신과 가깝다고 할 수 있겠나?"
"목사님은 거짓말을 하지 않으세요."
"그래…."
아무리 얘기해 봐도 말이 통하지 않자 후배가 두 손 두 발 다 든 듯 깊은 한숨을 내쉬었다.
"설령 목사가 그렇게 말했다고 한들 스스로 목숨을 끊는 게 그리 쉬운 일인가?"
후배가 다시 물었다.
"쉬워서 한 게 아니에요. 절박해서 한 거지."
"절박해서 스스로 목숨을 끊는 이가 어디 있나? 절박하면 살 방법을 찾으려 하지."

"나한텐 그게 살 방법이었다고요."

"죽음이 어떻게 살 방법이야. 반대로 삶을 끝낼 방법이지. 죽는 게 정말 살 방법이 된다고 생각하나?"

후배가 쓴소리를 쏟아 내자 여자의 눈에 눈물이 그렁그렁 맺혔다. 조용히 지켜보던 나는 그녀의 앞으로 다가가 허리를 숙이고 눈을 맞추었다.

"삶은 누구에게나 고단하고, 누구에게나 가혹하지. 그렇다 해도 스스로 목숨을 끊는 일이 옳은 선택이 될 수는 없어."

그녀가 천천히 시선을 떨어트렸다.

"인간은 누구나 마음이 나약해질 때면 의지할 곳을 찾곤 하지. 그것이 잘못됐다고 욕할 수는 없어. 하지만 어떤 순간에도 자기 중심을 잃어서는 안 된다네."

"…."

"스스로가 중심을 잡고 버텨 내야 목사나 신에게 기대는 것도 의미가 있는 법이지. 스스로가 없는 삶을 어떻게 자기 삶이라 말할 수 있겠나."

나는 몸을 일으켜 세우며 말했다.

"자네가 죽든 살든 나하고는 상관없어. 하지만 부디 자신의 현실을 피하지 말고 바로 보시게. 두렵다고 도망쳐 버리면 달라지는 것은 아무것도 없으니."

그렇게 말한 뒤 나는 후배와 함께 그곳을 조용히 빠져나왔다.

"신이 스스로 목숨을 끊은 이들을 돕는다니 참 말도 안 되는 소리지 말입니다."

후배는 다시 생각해 봐도 어이가 없다는 듯 고개를 저으며 말했다.

"인간은 누구나 힘들면 판단력이 흐려지기 마련이지."

"그렇긴 하죠."

나는 하늘을 올려다보았다. 시커먼 구름에 가려 별도 달도 보이지 않았다.

"세상이 온통 암흑이구나."

"여러모로 어수선합니다. 소환이 뒤로 미뤄진 자들도 늘어나고, 저리 신을 팔아 나약한 인간들을 이용해 먹는 일까지 생기니. 그렇지 않아도 살기 힘든 인간들이 더 애를 먹고 있습니다."

"망할 신이 사고를 아주 제대로 친 모양이구나."

더 이상은 가만히 두고 볼 수 없었다.

"지금 가 봐야겠다."

"천계에 말입니까?"

나는 후배를 바라보며 고개를 끄덕였다.

천계에 올라온 나는 망자들이 제일 처음으로 통과해야

하는 천계의 문으로 향했다. 새하얗고 커다란 문 앞에서 문지기들이 망자들을 일렬로 세우고 있었다.

"자, 줄을 서시오! 똑바로 서시오!"

한 문지기가 목청껏 외쳤다.

"거기! 새치기하지 말고. 도망은 꿈도 꾸지들 마시게. 도망가도 다 다시 잡아오니."

지하 세계인 저승과는 또 다른 세계인 천계. 그곳에서 죽은 자들을 분류하는 중이었다.

"강남자, 96세, 자연사, 오른쪽으로."

"이말숙, 57세, 사고사, 오른쪽으로."

하얗고 긴 외투를 걸친 근엄한 분위기의 문지기가 망자 명부를 확인하며 한 명씩 호명해 갔다.

"박문식, 80세…."

한 망자를 호명하던 문지기가 그를 쏘아보았다.

"너의 사인은 사고사이나 살아 있을 때의 죄질이 아주 나쁘구나. 신의 앞에 서서 그 죄에 대한 심판을 받게 될 것이야. 특별 관리 대상, 왼쪽!"

박문식이라는 자는 고개를 푹 숙인 채 왼쪽으로 걸어갔다. 좀 떨어진 곳에서 그 모습을 지켜보던 나는 천계의 문 가까이로 이동했다. 그러는 동안 줄지어 서 있는 망자들이 하는 소리를 들을 수 있었다.

"근데 죽으면 지하 세계로 가는 거 아니었어요? 왜, 거기 가서 염라대왕을 본다고 하잖아요."

"그건 지옥 아닌가?"

"그럼 여긴 천국이에요?"

"그나저나 다들 요단강을 건너오셨어요? 죽으면 그 강을 건넌다고 하던데 저는 안 건넜어요."

"저는 건너왔어요. 완전 무섭더라고요."

"아니, 저는 여기 오는 길에 팔다리 잘린 귀신도 봤어요."

"자네는 누가 데려왔나? 나는 저승사자가 데려왔는데."

"저는 시커먼 망토를 뒤집어쓰고 커다란 낫을 들고 있는 이가 데리러 왔습니다."

"저는 콩콩 뛰어다니는 이요."

각자의 경험담을 풀어놓기 바쁜 망자들을 지나 문지기 앞에 도착한 나는 정중하게 인사를 건넸다.

"자네가 여긴 어쩐 일인가?"

문 앞에 서 있던 문지기가 나에게 물었다.

"원로 신께 드릴 말씀이 있어 왔습니다."

"원로 신께?"

"예, 최근 소환이 미뤄지는 망자들이 늘며 인간계에 혼란이 오고 있는 듯합니다."

"흠… 나도 익히 들어 알고는 있네."

그가 다른 이들의 눈치를 살피며 목소리를 낮추고 말했다.

"4대 신께서 아시면 큰일일 텐데 말이야."

확실히 그랬다. 4대 신은 냉철하고 이지적이며 불의에 단호히 대처하는 걸로 유명했다. 저승사자의 업무 전반을 총괄하는 그가 원로 신이 벌인 짓을 알면 얼마나 나무라고 다그칠지 그를 아는 존재라면 안 봐도 알 수 있었다.

"아무튼 가 보게. 가서 원로 신께 잘 말씀드려 보게."

"예."

나는 살짝 고개 숙여 인사한 뒤 천계의 문을 통과했다. 하늘 위를 걸어 산더미 같은 서류들을 들고 종종걸음 치는 천계의 존재들을 지나면 원로 신의 방이 나왔다. 그 커다란 방 앞에 다다랐을 때쯤 익숙한 목소리가 들려왔다.

"지금 제정신입니까?"

평소보다 몇 배는 더 열 받은 듯한 굵직한 목소리가 단단한 문을 뚫고 밖으로 새어 나왔다.

"원로 신 때문에 지금 인간계에 어떤 일이 일어났는지 알기나 하십니까?"

4대 신도 이미 알아 버린 모양이었다. 나는 무거운 마음으로 깊은 한숨을 내쉬며 원로 신의 방 안으로 들어갔다.

"아, 그러니까 일이 너무 많아서 잠시 소환을 뒤로 미룬다는 것이…."

"그게 말이 됩니까?"

큰 키에 우람한 덩치. 만약 여기가 인간계라면 40대쯤 되었을까. 4대 신은 꼿꼿한 자세로 원로 신 앞에 서 있었다. 나는 조용히 방 한쪽에 자리를 잡았다. 원로 신도, 원로 신 옆에 서 있는 천명도 내가 들어온 것을 눈치채지 못한 것인지, 알고도 신경 쓰지 않는 것인지 나를 전혀 아랑곳하지 않은 채 4대 신의 눈치만 보고 있었다.

"죽은 자를 어찌 바로 소환하지 않고 그대로 살게 둔단 말입니까! 신으로서 너무 무책임하다고 생각하지 않으십니까?"

"오죽하면 내가 그랬겠는가. 이 책상 위에 수북이 쌓인 시커먼 서류철들 좀 보게. 내가 이 속에 파묻혀 얼마나 힘든지 아는가? 처리하면 또 들어오고, 처리하면 또 들어오고. 당최 일이 끝나질 않는다니까."

원로 신이 책상 위의 서류철을 가리키며 앓는 소리를 했다.

"그래도 그렇지. 그럼 다른 이들은 놉니까? 그리고 우리가 하는 일은 원래 끝이 없습니다. 그걸 뭐 어쩌겠습니까. 그렇다고 순리를 거스르면 어쩐단 말입니까!"

"알겠네, 알겠어. 내 이제부터 바로잡으면 될 거 아닌가."

4대 신의 기세에 못 이기겠다는 듯 원로 신이 다 죽어 가는 목소리로 대꾸했다.

"그러니까 애초에 왜 이 지경이 되게끔 만드시냐는 말입니다!"

"아, 그럼 옆에서 도와줄 이라도 좀 붙여 주게. 진짜 일에 치여 죽을 거 같아서 그래."

"원로 신!"

4대 신의 호통에 원로 신은 움찔하며 입을 다물었다.

"진정하시지요, 4대 신."

때마침 나타난 2대 신을 보고 원로 신의 안색이 조금 밝아졌다. 2대 신이 자신의 편을 들어 줄 거라고 생각했는지.

"진정하시고 대책을 함께 찾아봐야 하지 않겠습니까?"

2대 신은 특유의 침착함으로 대처했다.

"2대 신께서도 그때 그 자리에 계셨다지요?"

4대 신이 지적하자 2대 신도 입을 다물었다.

"어찌 말리지 않으셨습니까?"

"저도 염려스러운 마음을 내비쳤습니다만…."

"염려스러운 마음만 내비치면 뭐합니까. 아예 시도도 못하게 막으셨어야지요. 세상에 죽었는데도 죽지 않는 사람이 어디 있습니까? 이건 순리와 질서를 깨트리고 혼돈을 불러일으킨 최악의 사건이란 말입니다."

"면목이 없습니다."

"하…."

4대 신이 무거운 한숨을 내뱉었다.

"제가 감히 끼어들 일은 아닌 것 같지만…."

2대 신을 따라온 신하 수하가 말했다.

"현재 사태가 위중한 건 분명합니다."

그곳에 있던 모두의 시선이 일제히 그녀에게로 향했다.

"죽어도 죽지 않는 자들이 많아지면서 그 일을 다른 이들에게 발설하는 이들 또한 늘어나고 있습니다. 경험담과 목격담이 쏟아지자 처음엔 믿지 않았던 이들도 이젠 믿기 시작했고요."

방 안의 분위기가 숙연해졌다.

"그뿐만 아니라 이를 증명하기 위해 공개적으로 목숨을 끊는 이들도 늘어나고 있습니다. 이 일에 자신이 아닌 다른 이의 목숨을 이용하는 폐륜적인 사례도 있고요. 또한 스스로 목숨을 끊는 이에게 신이 새로운 삶을 준다고 거짓 선동을 벌이는 자도 있다고 합니다."

그녀의 말에 나는 이곳으로 오기 전 만났던 망자를 떠올렸다.

"그건 또 무슨 말 같지도 않은 소리야?"

원로 신이 어안이 벙벙한 얼굴로 물었다.

"목사가 그리 설교했다 하더군요."

잠자코 있던 내가 입을 열자 이번에는 모두의 시선이 내

쪽으로 방향을 바꾸었다.

"스스로 목숨을 끊는 이들을 신이 가엾이 여겨 새로운 삶을 준다고 말입니다."

"이젠 하다 하다 신까지 들먹이다니 인간들 하고는…."

"거 보십시오. 원로 신의 잘못된 명 하나가 인간 세상에 어떤 파문을 일으켰는지."

4대 신의 말에 원로 신은 자신의 머리를 쥐어뜯었다.

"원로 신, 이젠 소환을 하셔야 합니다. 더 미루었다가는 천계에서도 감당하지 못할 일이 진짜 벌어질지도 모릅니다."

2대 신이 걱정스러운 얼굴로 말했다.

"알고는 있네, 알고는 있지만."

원로 신은 산더미처럼 쌓여 있는 서류철을 다시 바라보았다.

"아, 진짜 미치겠네. 일이 조금만 줄어도 숨통이 좀 트이겠는데 말이야."

"망자 일부의 소환을 뒤로 미룬다고 일이 줄 것 같습니까? 더 골치 아픈 일만 늘어날 뿐입니다."

4대 신이 가차 없이 선을 그었다.

"아아악!"

원로 신은 새하얀 머리를 마구잡이로 헝클어트렸다.

"지금 소환이 뒤로 밀린 자들이 얼마나 되지?"

신하 천명이 원로 신의 귀에 속삭였다.

"뭐?"

화들짝 놀란 원로 신과 달리 천명은 침착하게 그를 바라보았다.

"잘못 안 거 아니고? 진짜로 수가 그리되나?"

"예, 잘못 안 거 아니고 진짜로 수가 그리됩니다."

원로 신은 떡 벌어진 입을 다물지 못했다.

"대체 왜 그렇게 늘어난 거지. 나는 분명 스스로 목숨을 끊은 이의 일부라 명했는데."

"자기 목숨을 버리는 자가 나날이 많아지고 있으니까요."

원로 신은 얼빠진 얼굴로 깊은 한숨을 내뱉었다.

"망자 명부 관리를 총괄하는 것이 원로 신의 몫 아닙니까. 본인의 책임을 다하셔야지요. 이기적이고 무능한 지도자는 그 밑의 존재들을 죽어나게 하는 법입니다."

4대 신의 묵직한 한 방에 원로 신은 완전히 넋이 나갔다.

"그래, 소환해야 할 망자들은 소환해야지. 그게 맞으니까."

원로 신이 힘없는 목소리로 중얼거렸다.

"그럼 소환하는 걸로 알고 가 보도록 하겠습니다."

4대 신은 고개를 꾸벅 숙여 인사하고는 곧바로 원로 신의 방을 빠져나갔다.

"그러면 신재(神材)를 좀 붙여 주면 안 되겠나? 내 일을 도와줄 자가 필요한데."

원로 신이 남아 있는 이들을 둘러보며 말했다.

"자네는 어떤가?"

나한테 시선을 고정한 채 원로 신이 물었다.

"내 그 오랜 저승사자의 숙명에서 벗어나게 해 줄 수 있는데 말이야."

저 망할 신 곁에서 지내느니 차라리 저승사자로 남겠다.

"저는 안 그래도 소환해야 할 망자가 많아서 말입니다."

"아, 그 일에서 벗어나게 해 준대도?"

"원로 신과 함께하는 것보다는 저승사자인 게 나을지도…."

"대체 왜? 어째서?"

원로 신은 영문을 알 수 없다는 표정으로 2대 신과 수하, 그리고 천명을 차례로 바라보았다. 하지만 다들 시선을 허공으로 돌리기만 할 뿐 묵묵부답이었다.

"그럼 전 이만."

서둘러 자리를 뜨는 것이 상책이었다.

"어째서?"

뒤돌아 나가는 내 등에 대고 원로 신이 다시 한번 크게 외쳤다.

☾

"그래서 소환이 뒤로 밀린 자들의 소환이 곧 시작되는 겁니까?"

인간계로 돌아온 나에게 후배가 물었다.

"그렇겠지."

"이제야 모든 것이 다시 제자리로 돌아가겠네요."

잠시 정적이 흘렀다.

"그러면 서은이도 곧 세상을 떠나겠지요?"

그렇게 물으며 후배가 내 눈치를 살폈다.

"그 아이가 그리도 바라던 일이니 결국 원대로 되는 거네요. 선배님은 아닌 것 같지만 말입니다."

"그게 무슨 소리냐?"

"선배님께서 아끼는 아이가 아닙니까."

나는 머릿속에 그 아이를 떠올려 보았다. 삶이 고달파 죽음이 간절했던 아이. 내 손을 붙잡으며 자신을 데려가 달라 애원했던 아이. 경숙과 함께하며 숨이 트이자 고마움도 표현할 줄 알게 된 아이. 저승사자가 죽은 자를 좋아하는 것은 우스운 일이라면서도 자신을 좋아해 달라며 미소 짓던 그 아이.

"서은이 그 아이를 좋아하십니까?"

후배의 직설적인 물음에 순간 당황하고 말았다.

"인간들에게 쉽게 마음을 주지 않는 선배님께서 서은이는 계속 챙기시지 않았습니까. 먼발치에서 지켜보면서."

"…."

"그 아이에 대한 선배님의 마음이 특별하다는 것쯤은 저도 익히 알고 있습니다. 다른 이들보다 신경이 더 쓰인다는 건 그만큼 관심과 애정이 있다는 거 아닙니까?"

나는 고개를 돌려 후배의 얼굴을 지그시 바라보았다.

"너는 항상 나보다 나를 더 잘 아는 것 같구나."

"오랜 시간을 선배님 곁에서 함께하지 않았습니까."

"제법이구나. 늘 시끄럽게 까불거리기나 하는 줄 알았는데. 데리고 다닌 보람이 있어."

"물론이죠."

그가 뿌듯한 듯 미소를 씩 지어 보였다.

"나는 그 아이가 소환될 때까지 아프지 않고 지금처럼 평온하길 바랄 뿐이다. 그저 그거면 돼. 더는 바라는 것이 없다."

나는 마음속 다짐을 되새기듯 그렇게 중얼거렸다.

☾

"채강진, 17세, 추락사입니다."

후배가 손에 든 망자 명부를 확인했다.

"저 옥상에서 떨어져 죽는 건가?"

"네."

후배와 나는 학교 건물 뒤편에 서서 옥상을 올려다보았다. 4층 높이의 붉은 벽돌 건물은 여느 학교와 다름없는 평범한 모습이었다.

"오는군요."

기척을 느낀 후배가 말했다.

"올라가 볼까?"

"네, 가시죠."

우리는 인간들이 말하는 순간 이동 능력을 이용해 단숨에 학교 옥상으로 올라갔다. 곧 왁자지껄한 소리와 함께 남학생 몇 명이 우르르 옥상으로 몰려 나와 난간 쪽으로 뛰어갔다.

"야, 그 얘기 들었냐? 죽어도 안 죽는다는 얘기?"

"들었지."

"지금 해 볼래?"

"지금?"

"왜 쫄리냐?"

"쫄리긴. 재밌겠네."

"여기서 뛰어내려도 안 죽으면 인정."

남학생들은 깔깔거리며 웃어 댔다.

"누가 뛰어내릴래?"

"야, 네가 뛰어내려 봐."

"싫어. 그러다 진짜 죽으면 어떡해."

"아이, 쫄보 새끼. 겁만 많아서는. 아무리 죽어도 안 죽는다잖냐."

"그럼 네가 뛰어내려 보든가."

"야, 야, 다 비켜!"

다들 서로에게 미루던 와중에 한 남학생이 자신만만하게 나섰다.

"이 겁쟁이 새끼들아, 내가 보여 준다."

"진짜 뛰어내리게?"

"잘 봐라!"

그는 옥상 저 뒤쪽으로 물러서더니 도움닫기를 하듯 힘차게 달려와 한껏 뛰어올랐다.

"오!"

지켜보던 남학생들이 일제히 환호성을 질렀고, 난간 너머로 몸을 날린 학생은 순식간에 저 아래 콘크리트 바닥에 내리꽂혔다.

"야! 괜찮냐?"

"뭐야, 저 새끼 설마 죽은 거 아니겠지?"

"그럴 리가 있겠냐? 죽어도 안 죽는다 그랬는데?"

"쇼하지 말고 그만 일어나지?"

"저거 연기가 남우주연상 급이네."

곧 미동도 없는 남학생의 몸 아래에서 새빨간 피가 흘러나왔고 이를 본 친구들은 겁에 질려 동요하기 시작했다.

"야, 씨! 저거 뭐야. 피 아니야?"

"뭐? 진짜 피야?"

"쇼하지 마라! 너 죽는다!"

"저거 쇼 아닌 거 같아. 진짜 같아!"

"아이씨, 망했다."

뒤늦게 사태를 파악한 남학생들이 부리나케 옥상 아래로 뛰어 내려가자 그곳에는 정적만이 남았다.

"생명을 소중히 여기지 않는 꼴이라니. 참 어리석네요."

옆에 서 있던 후배가 중얼거렸다.

"생명을 소중히 여기지 않은 그 어리석은 자의 최후를 맞이하러 가 볼까."

나는 후배와 함께 옥상을 내려와 다시 학교 뒤편으로 향했다.

"채강진, 17세."

후배가 망자 명부를 읊는 사이 남학생의 몸에서 빠져나온 영혼이 휘둥그레한 눈으로 바닥에 엎어져 피를 흘리고 있는 자신의 몸을 바라보았다.

"뭐야, 나 진짜 죽은 거야?"

"그럼 저 옥상에서 떨어졌는데 멀쩡히 살 줄 알았나?"

나는 옥상을 가리키며 당연하다는 듯 말했다.

"아이씨, 이게 뭐야. 죽어도 안 죽는다며!"

"저 높이에서 뛰어내리고도 안 죽으면 그게 더 신기하지."

이번에는 후배가 받아쳤다.

"그리고, 죽어도 안 죽는 건 전부가 아니라 일부라고."

"그런 게 어디 있어!"

"죽어도 안 죽었다는 그자는 기적적으로 살아났나 본데, 너는 조상의 덕이 없나 보구나. 뛰어내리자마자 바로 죽었으니 말이다."

"이건 무효야 무효. 나 살려 내요!"

"인생에 무효가 어디 있어. 어리석은 녀석 같으니라고. 넌 이게 게임 같아? 장난 같냐고?"

"몰라. 다 모르겠고 당장 살려 내."

"그러게 그렇게 살고 싶었으면 네 목숨을 소중히 여겼어야지."

생떼를 쓰고 억지를 부리는 망자에게 내가 엄히 말했다.

"살고 싶어도 살지 못하는 이들이 세상에 수두룩한데, 너처럼 목숨을 소중히 여길 줄 몰라서야 어디 기회라도 얻을 수 있겠느냐."

"아, 한 번만 살려 달라고요. 한 번만 모른 척해 주면 되잖아. 난 진짜 죽는 줄 몰랐다니까? 죽어도 안 죽는다고 해서 그냥 해 본 거라고."

"설령 죽어도 죽지 않는다고 한들, 그러면 죽음이 아무것도 아닌 게 되는 것이냐. 죽음이 가벼운 게 되는 거야?"

남학생은 입을 꾹 다물었다.

"누구에게나 생은 단 한 번뿐이기에 더 의미가 깊고 소중한 것이다. 그걸 모르는 이는 뒤늦게 깨닫고 후회하게 되지. 허나 그래 봐야 소용없다. 말 그대로 이미 늦은 뒤거든."

남학생은 분에 겨운 듯 눈물을 글썽이며 나와 후배를 쏘아보았다.

"안됐지만 너의 이번 생은 이것으로 끝이다."

망자는 말을 삼킨 채 우리를 따라 다시는 돌아오지 못할 길을 나섰다.

타는 듯한 더위에 모두가 지쳐 갈 때쯤, 소환이 뒤로 미뤄졌던 망자들이 하나둘씩 소환되기 시작했다.

"이 자식들아, 이거 놔! 데려가라고 할 때는 안 데려가더니 이제 와서 왜 이러는 건데. 주식도 올랐는데 어쩌라고."

"나 갈 때 안 됐어. 나이는 많아도 아직 펄펄하다고. 아직 청춘이라니까."

"조금만 기다려 주세요. 곧 그 사람 사십구재예요. 좋은 곳으로 갈 수 있게 제가 빌어 줘야 한단 말이에요."

뒤늦게 소환되는 망자들 중에는 소환을 받아들이지 못하며 거부하는 이도, 늦춰 달라 사정하는 이도 있었다. 하지만 결국에는 모두 순리에 따를 수밖에 없었다.

하루는 한강 다리를 지나고 있는데 4대 신과 저승사자들, 그리고 일렬로 쭉 늘어선 망자들의 행렬이 눈에 들어왔다.

"소환되는 망자들의 표정이 다들 어두워 보이네요."

옆에서 후배가 말했다.

"삶의 끝에서 어쩔 수 없이 삶을 포기했던 이들이니 원대로 죽는다 해도 그 마음이 편치는 않겠지."

소환 행렬에서 시선을 거두고 다시 발걸음을 옮기려는데, 한 소년이 다리 저쪽 끝에서 방금까지 내가 보았던 망자 무리를 아련하게 지켜보고 서 있었다. 중학생쯤 되었을까. 저 아이는 대체 무슨 사연이 있는 걸까. 나는 그 소년을 향해 걸어 나갔다.

"여기서 뭘 하고 있는 것이냐."

소년은 천천히 시선을 돌렸지만 말없이 나를 바라보기만 했다. 죽은 영혼의 기운이 약한 걸로 보아 오랜 시간 세상을 떠돈 듯했다. 한이 있어 세상을 떠나지 못한 건가. 상처를 위로받지 못해서?

"너는 죽은 지 꽤 된 아이로구나."

소년은 고개만 끄덕였다.

"여태 소환되지 않고 세상을 떠돈 것이냐."

"네."

처음으로 소년의 힘없는 목소리를 들을 수 있었다.

"세상을 떠나지 못하는 이유가 있는 것이냐."

"잘 모르겠습니다. 저승사자님들께서 저를 보고도 어째서인지 데려가지 않으시더라고요."

소년은 자신의 한이 무엇인지, 자신이 소환되지 못하고 세상을 떠도는 이유가 무엇인지 스스로도 알지 못하는 듯했다.

"너는 어찌 죽은 것이냐."

"저희 집 베란다에서 뛰어내렸습니다."

"왜 그런 선택을 하였느냐."

"살기 싫어서요."

"왜 살기가 싫었는데?"

내 물음을 끝으로 잠시 시간의 틈이 생겼다.

"그냥… 힘들었어요. 학교에서는 아이들한테 괴롭힘당하고, 부모님은 제 성적 외에는 관심이 없고, 열심히 공부해도 성적은 안 오르고. 그 모든 게 다 너무 괴로웠어요."

조곤조곤 이야기하는 소년의 태도에서 초연함이 느껴졌다. 아이는 진작 많은 걸 포기한 것 같았다.

"누군가 다른 이에게 그런 이야기를 해 본 적은 있느냐."

"처음엔 얘기해 봤지만 아무 소용 없더라고요. 이해해 주는 사람도, 공감해 주는 사람도 없었어요. 다들 그렇게 산다고, 너만 힘든 거 아니라는 말만 했어요. 지금 고민하는 일들은 나중에 돌아보면 아무것도 아닐 거라고. 배부른 소리 하지 말라고…."

소년은 그렇게 말하며 눈물을 글썽였다.

"나는 왜 나약하기만 한 걸까, 스스로를 탓하고 원망해 봐도 달라지는 건 없었어요."

"너를 탓할 필요는 없다."

나는 허리를 숙여 소년과 눈을 맞추었다.

"누구라도 너의 힘듦과 아픔을 핀잔하거나 나무랄 수는 없어."

"…."

"너는 애써 보았느냐. 어떤 식으로든 애써 보았으면 그걸로 충분하다."

"애써 봤지만 아무것도 해낸 게 없는걸요."

"어차피 세상엔 애써도 안 되는 것들이 되는 것보다 훨씬 많단다. 애써도 안 되는 걸 뭐 어찌하겠느냐. 고단한 삶, 그간 고생 많았다."

나는 소년의 어깨를 가볍게 툭툭 두드리며 말했다.

"감사합니다."

처음 보았을 때와 달리 소년의 얼굴에 생기가 돌았다.

"그 말을 듣고 싶었나 봅니다. 지금껏 제게 이렇게 따뜻한 말을 해 주는 어른은 없었거든요."

"이제 편히 가거라."

나는 소년에게 마지막 말을 건넸다. 한강 다리를 걷는 망자 행렬의 끝에 합류한 소년은 드디어 마음 편히 천계로 향할 수 있게 되었다.

"저 아이가 중죄인이라는 것이 안타까울 따름입니다."

후배가 말했다.

"중죄인이어도 때론 신이 보살펴 주는 경우도 있다 하니 저 아이도 그리되길 바라 봐야지."

나는 앞에 선 망자들을 따라 걷고 있는 소년에게서 쉽사리 눈을 뗄 수 없었다.

"자네한테도 그런 모습이 있었구먼."

어느새 내 옆으로 다가온 4대 신이 말을 걸어왔다.

"자네가 세상을 떠돌던 망자를 어르고 달래 소환시키다니 내 오래 일하고 볼 일이야."

4대 신이 의아하다는 듯 말했다.

"망자에게 정을 주는 것이 얼마나 무의미한 일인지 누구보다 잘 알고 있던 이가 아닌가, 자네는."

그렇게 말한 4대 신은 잠시 생각에 잠겼다.

"혹, 그 아이 때문인가?"

그 아이?

"송서은이라고 했지, 아마?"

이런, 4대 신의 입에서 그 이름이 나올 줄이야.

"이야기 들었네. 자네가 책임지고 소환해야 할 망자 중 하나라지? 소환이 뒤로 미뤄져 자네가 그 아이를 지켜보고 있다는 건 알았지만, 설마하니 그 아이로 인해 자네가 이렇게까지 달라질 줄이야."

"그… 선배님께서 원래 정이 없진 않으셨습니다."

옆에 있던 후배가 다급하게 포장해 주듯 말했다.

"그런가…."

4대 신은 피식 웃음을 터트렸다.

"아무튼 자네가 그 아이를 무척이나 아낀다고 하던데 머지않아 소환될 날이 오겠군."

이미 알고 있는 사실이었다. 그리 입 밖으로 내지 않아도.

"망자에게 너무 마음을 주지 말게. 나도 겪어 본 일일세."

"마음을 주다니요, 4대 신. 그런 게 아닙니다."

"어차피 망자는 천계로 소환되면 그만이요, 저승사자는

영구히 이 일을 해야 하는 것이 숙명 아닌가. 혹여 그 망자가 환생한다 한들 저승사자로서 할 수 있는 것은 아무것도 없지. 정을 준 이가 다음 생을 살아가는 것을 지켜보는 것만으로는 행복해질 수 없지 않는가?"

나는 말없이 4대 신을 바라보았다.

"아, 더군다나 그 아이는 스스로 목숨을 끊은 중죄인이니 환생도 불가능하겠군. 그렇다면 소환되고 난 뒤에는 더더욱이 볼 일도 없을 터, 이쯤에서 그만 정을 끊는 게 좋겠지."

맞는 말이었다. 맞는 말이어서 누군가 쿡쿡 찌르듯 마음 한편이 아파 왔다.

"자네의 표정을 보아하니 이미 힘든 것 같지만 말이야."

내 표정이 지금 어떻길래?

"어떤 순간에도 침착하고 냉철함을 잃지 않던 자네가 그리도 마음을 쓰는 망자라니 그 아이가 궁금해지긴 하는군."

4대 신이 착잡한 마음을 숨기려는 듯 애써 미소를 지었다.

"자네는 내가 눈여겨보고 있는 사자였지. 어떤 일도 묵묵히 잘 해내지 않았는가. 나는 그런 자네가 아파하게 되는 건 원치 않아. 걷잡을 수 없이 커진 마음은 걷잡을 수 없는 아픔이 되는 법. 부디 저승사자로서 현명한 선택을 하기 바라네."

걷잡을 수 없이 커진 마음은 걷잡을 수 없는 아픔이 되는 법…. 듣는 것만으로도 벌써 아픈 그 말이 머릿속을 떠나지 않았다. 다리 위를 환히 비추는 조명 불빛 아래에서도 내 마음속은 그저 어둑한 터널 같았다.

☾

"양성훈, 34세, 사인은 심장마비."

컴컴한 어둠이 내려앉은 방 안에서 후배가 나지막이 망자 명부를 읊었다.

"당신들 뭐야!"

그러자 망자가 겁에 질린 듯 소리쳤다.

"저승사자다."

"저승사자? 저승사자가 여기 왜 있어."

"안타깝게도 너는 조금 전 심장마비로 숨이 끊어졌다."

"무슨 헛소리야! 난 그냥 자고 있었다고!"

그래, 인정하기 힘들겠지. 잠들기 전까지만 해도 별다를 거 없는 평범한 일상이었을 테니까. 그러나 대개의 죽음은 전혀 생각지도 못한 때에 불쑥 얼굴을 들이민다.

방금까지 자신의 죽음을 부정하던 망자가 갑자기 입을 다물었다. 누군가 들어오는 기척도 나지 않았는데 웬 시커먼 남자 둘이 눈앞에 서 있고, 그들은 자신들이 저승사자라 말한다. 그리고 무엇보다 저 옆에 누워 있는 것은 아무리 봐도 내 몸인 것을. 이 정도면 그도 자신이 죽었다고 인정할 수밖에 없겠지.

"아이씨!"

하지만 망자의 입에서는 거친 짜증이 새어 나왔다.

"내가 당신들을 따라갈 거 같아? 이대로는 절대 못 가. 아니 안 가!"

"가고, 안 가고는 네가 결정할 수 있는 일이 아니야."

후배가 차분히 받아쳤다.

"죽음을 받아들이기 힘들다는 거 잘 알고 있다. 하지만 그럼에도 결과는 달라지지 않아. 어쩔 수 없이 받아들여야만 하는 일이 있다."

"웃기고 있네."

망자가 코웃음을 치며 대꾸했다.

"안 가면 그만이지. 내가 왜 가야 하는데?"

"그럼 죽은 몸으로 뭘 할 거지? 세상을 떠도는 귀신이라도 될 건가? 인간들을 괴롭히는 악귀가 되려고? 어차피 너는 우리를 따라가지 않는다 해도 다시 살아날 수 없어."

"죽다 살아난 사람도 있다는데 내가 왜 니들을 따라가. 내가 바보야?"

망자가 끝까지 저항을 하고 나섰다.

"지금 받아들이고 순순히 따라가는 게 좋을 거다."

그런 망자를 보다 못한 내가 나지막이 경고했다.

"웃기지 마. 따라가긴 뭘 따라가. 난 안 가."

망자는 그렇게 소리치며 나와 후배의 눈치를 살폈다. 아마도 도망갈 타이밍을 찾고 있는 듯했다.

"도망갈 테면 그렇게 해 보거라. 네가 어디로 도망을 가든 너 하나쯤은 어떻게든 잡아 내니."

분노에 찬 눈으로 망자가 우리를 힘껏 쏘아보았다.

"아, 그리고 미리 말해 두건대 도망가는 거리만큼 네 벌의 무게도 늘어난다는 걸 잊지 말거라."

"그런다고 내가 무서워서 도망 못 갈 거 같아?"

꽤 피곤한 망자로구나. 아무래도 쉽게 데려가지는 못하겠어. 그런 생각을 하고 있던 찰나 망자가 잽싸게 몸을 놀려 달아나 버렸다.

"오랜만에 숨바꼭질 한번 제대로 하겠네요."

후배가 씩 웃으며 목을 풀고 손가락 마디를 뚝뚝 꺾어 댔다.

"성가신 망자로구나."

"벌써부터 스릴감이 넘쳐 흐르지 말입니다."

"가만 보면 이런 골치 아픈 일을 즐기는 너도 참 괴상하단 말이지."

서둘러 망자의 집을 빠져나와 주변을 샅샅이 뒤졌지만 아무런 자취를 발견할 수 없었다.

"벌써 꽤 멀리까지 도망을 갔나 봅니다."
"아무래도 이 동네를 벗어난 것 같군."
"선배님이 기운을 느껴서 찾아봐야겠네요."

나는 고개를 끄덕인 뒤 살며시 두 눈을 감았다. 망자에게는 산 사람과는 다른 기운이 있었다. 서늘하고도 싸한 혼령의 기운. 그런데 그 기운이 망자마다 조금씩 달라서 원하는 망자를 찾아내는 일이 가능했다. 나는 정신을 집중하고 세상을 떠도는 여러 망자들의 복잡하게 얽힌 기운 가운데서 도망친 망자의 것을 찾아보았다.

운이 좋게도 얼마 지나지 않아 느낌이 왔다. 나는 곧바로 그 기운을 따라가 보았다. 짙은 회색 벽돌 담장이 양옆으로 늘어선 좁은 골목길. 그 어두운 골목을 주홍 불빛으로 밝히고 있는 오래된 가게 하나. 망자가 숨어든 곳은 바로 3대 신의 골동품 가게였다.

"아니, 그 망자가 여기 있단 말입니까?"
"그렇다."

후배의 물음에 나는 걱정스러운 얼굴로 짧게 답했다. 죽음에 저항하며 도망친 망자가 이곳에 있는 게 맞다면 그 아이가 위험할지도 모른다.

"아이씨, 여기 주인 어디 있냐고! 여기 오면 뭐든 다 들어준다며!"

쩌렁쩌렁한 망자의 목소리가 가게 밖으로 새어 나왔다. 나는 급히 미닫이문을 열어젖혔다. 그러자 도망친 망자가 그 아이의 목을 조르고 있는 모습이 보였다. 순간 온몸의 피가 머리로 치오르는 것 같았다.

"아저, 씨."

아이가 가까스로 소리 내어 나를 불렀다. 나는 일말의 망설임 없이 망자의 몸을 아이에게서 떼어 내 한쪽 벽으로 날려 버렸다. 그리고 다시 반대쪽으로. 그렇게 사방에 부딪치고 나서야 망자의 몸이 바닥으로 떨어졌다.

"선배님! 이제 그만하시지요."

뒤에 서 있던 후배가 내 왼쪽 어깨를 잡으며 말렸다.

"아무리 그래도 이렇게까지 하실 필요는 없지 않습니까. 이미 죽은 자인데."

후배는 바닥에 엎어져 있는 망자에게로 향했다.

"그대로 뒀다간 악귀가 되고도 남을 망자다."

그 아이가 곤경에 처한 모습을 보고 정신이 아찔할 만큼 분노에 휩싸였던 것은 사실이지만, 망자를 벌한 것은 그 때문만이 아니었다. 악귀가 되는 것을 애초에 막아야 했다.

"그러게 너는 왜 스스로 무덤을 파 이 고생이냐?"

후배가 망자의 곁에 쭈그려 앉으며 말했다.

"살아 있을 때도 못된 짓을 많이 했던데, 그 버릇은 죽어서도 여전하구나."

"웃기고 있네."

아직도 정신을 못 차렸는지 망자가 엎어진 채로 비웃음을 터트렸다. 영혼까지도 소멸을 시켜 아예 존재 자체가 남지 않게 해 주어야 하나…. 망자를 보던 시선을 거두고 나는 그 아이에게로 뛰어갔다.

"괜찮은 것이냐."

"이 정도는 아무렇지도 않아요."

아이는 맥이 다 빠진 목소리로 그렇게 말했다.

"미안하구나. 너를 지켜 주지 못해."

"어차피 죽은 사람인걸요. 괜찮아요. 난 진짜 아무렇지도 않아요."

"네가 아프지 않길 바란다 해 놓고 또 너를 아프게 만들었구나."

"아저씨가 그런 것도 아닌데요 뭐."

축 늘어진 채 옅은 미소를 짓는 아이의 모습을 보고 있자니 차마 말을 이을 수 없었다.

"아저씨… 울어요?"

무슨 말이지? 저승사자는 울지 않는다. 눈물이 뭔지도 모른다. 꽁꽁 얼어붙은 저승사자의 차디찬 마음은 그 어떤 이의 죽음에도 좀처럼 반응하지 않는 법이다. 그런데… 뜨거운 무언가가 내 두 뺨을 타고 흘러내리는 것이 느껴졌다. 그러니까 이건….

"저승사자도 우는구나. 신기하네."

그 아이가 나를 지그시 바라보며 중얼거렸다.

"쇼 그만하고 지금 자신들의 처지가 어떤지나 보세요."

달갑지 않은 목소리가 끼어들었다. 망자가 가까스로 몸을 일으키고 있었다.

"내가 이대로 포기할 줄 알았어? 난 안 죽는다고."

휘청이며 일어선 망자는 곧 후배를 밀치고 가게 안을 빠져나갔다.

"저 자식이!"

방심했던 후배가 망자의 뒤를 쫓아 가게를 뛰쳐나갔다.

"쯧쯧쯧, 무슨 저승사자 둘이 망자 하나도 못 잡아?"

때마침 3대 신이 혀를 차며 가게 안으로 들어왔다. 나는 인사도 하지 않고 그녀를 흘겨보았다. 저 망할 신은 도대체 어디 있다가 이제야 나타나는 건가.

"남의 가게를 이 지경으로 만들어 놓고 말이야."

엉망진창 쑥대밭이 되어 버린 가게 안을 둘러보며 3대 신이 투덜거렸다.

"지금까지 어디 계셨던 겁니까?"

"왜? 어디에 있었으면 뭐, 나한테 화풀이라도 하게?"

"그런 게 아니라…."

"저 아이를 왜 혼자 두고 나가 돌아다녔냐, 그리 역정이라도 내고 싶은 겐가? 감히 신에게?"

"제게 소중한 것은 있어도, 지키고 싶은 신은 없습니다."

그렇게 말하고 가게를 나서는데 3대 신의 따가운 목소리가 들려왔다.

"오만방자한 저승사자 같으니라고."

☾

후배와 내가 도망친 망자를 다시 마주한 것은 그로부터 며칠이 지난 뒤였다.

"오랜만이네? 저승사자 양반들."

어두운 밤, 가로등 불빛만이 길을 밝히는 가운데 어느 낮은 건물 옥상에 그가 서 있었다.

"아유, 우리 저승사자님들은 지치지도 않나 봐?"

능글능글한 말투에 손까지 흔드는 여유라니.

"너야말로 지치지도 않나 보구나. 그 근성 하나는 인정해 주마."

후배의 말에 그가 씩 웃었다.

"난 안 간다고 했잖아. 그러게 지난번에 도망쳤을 때 진작 포기했으면 얼마나 좋아. 이 고생도 안 하고."

"그건 우리가 할 소리 아니겠느냐. 너는 그래 봤자 망자고 우리는 저승사자인데, 어느 쪽이 포기하는 게 나을까?"

"글쎄, 두고 보면 알겠지."

뻔뻔하기 그지없는 태도로 말을 마친 망자가 어디론가 시선을 돌렸다. 그의 시선이 향한 곳에서 꼭 좀비 떼 같은 이들이 '저승사자다!'라고 외치며 우르르 몰려오는 것이 보였다. 가로등 아래 서 있던 나와 후배를 순식간에 둘러싼 그들은 하나같이 퀭한 눈에 얼빠진 얼굴이었다.

"이야, 나 말고도 데려갈 사람이 많네. 다 데려가려면 시간 좀 걸리겠는데?"

망자가 재미있다는 듯 깔깔깔 웃음을 터트렸고, 나는 그런 망자를 쏘아보았다. 이게 네 계획이란 말이냐.

"저승사자님, 저 좀 데려가 주세요."

"저도요. 살고 싶지 않아 죽었는데 여태 못 죽고 있어요."

"저는 죽겠다고 유서까지 써 놨는데 죽지 않아서 얼마나 난감한지 아십니까?"

"분명 죽었는데 멀쩡히 산 사람처럼 살고 있으니 이 또한 너무 무서워요."

"당신들 저승사자 아니지? 다 가짜지?"

어느새 골목을 가득 메울 정도로 늘어나 버린 망자들 때문에 우리는 옴짝달싹할 수가 없었다.

"그러니까 지금 이들이 다 <u>스스로 목숨을 끊었으나</u> 소환되지 못한 이들이라는 겁니까?"

아무래도… 그런 것 같았다.

"자, 그럼 저승사자 양반들 수고하시고. 난 이만 갑니다."

망자가 마지막 말을 남기고 유유히 사라졌다. 입을 갈기갈기 찢어 버리고 싶었다. 머리가 지끈거리고 깊은 한숨이 새어 나왔다. 상황을 이 지경으로 만든 저 망자를 절대 용서하지 않겠다. 너는 내가 반드시 잡고야 만다.

"이 동네에 다시 오게 될 줄이야."

후배가 주변을 둘러보며 중얼거렸다. 좀비 떼 같은 망자 무리를 간신히 따돌리고 도망친 망자의 뒤를 쫓아 도착한 곳은 서은이 살던 동네였다.

"저기다."

내가 가리킨 곳은 한때 그 아이가 일하던 편의점이었다.

"저 편의점에서 도망친 망자의 기운이 느껴진다."

우리는 서둘러 편의점 안으로 들어갔다.

"어서 오세요."

서은에게 도둑 누명을 씌웠던 점장이 손님을 맞이하는 인사를 건넸다. 큰 키에 구릿빛 피부, 입가의 팔자주름이 유난히 도드라져 보이는 그는 편의점 유니폼을 입고 카운터 안쪽에 서 있었다.

"다른 이는 안 보이는데요."

편의점 안에 손님이 없는 것을 확인한 후배가 나지막이 속삭였다. 나는 카운터를 지키고 있는 점장의 얼굴을 빤히 바라보았다. 왠지 평범한 인간이라기에는 어딘가 부자연스러운 것이, 꼭 몸에 망자가 빙의한 것 같았다.

"너로구나."

카운터로 다가가 말하자 점장이 나를 똑바로 쳐다보았다. 그로써 더욱 분명해졌다.

"무슨 말씀이신지…."

나는 그가 걸려들었다는 걸 알고 씩 미소 지었다.

"살아 있는 인간이 저승사자를 보는 것은 아주 드문 일인데 너는 우리가 문을 열고 들어왔을 때 인사를 했고, 지금도 아주 또렷이 나와 눈을 맞추고 있지. 그러니 네가 바로 인간의 몸에 빙의한 망자가 아니겠느냐."

그는 최대한 덤덤한 척했지만 동공은 이미 떨리고 있었다.

"내가 말했지? 망자 하나쯤은 어떻게든 잡는다고."

잠자코 있던 그가 순식간에 카운터를 빠져나와 후배와 나를 밀치고 쏜살같이 도망갔다. 바로 뒤따라 나온 우리는 동네 골목을 누비며 샅샅이 수색해 나갔다. 그런데 좀처럼 망자의 기운이 느껴지지 않았다. 인간의 몸에 빙의해 있어 멀리까지 도망치진 못했을 거라 생각했는데 오산이었나?

"틀렸습니다. 안 보입니다."

나와 흩어져서 찾던 후배가 헐떡이며 다가와 말했다.

"그러고 보니 그 망자가 빙의한 몸 말입니다. 서은이에게 무자비하게 발길질을 해 대던 그자가 아닙니까? 편의점 점장 말입니다."

"넌 이제야 알아본 모양이구나."

"어쩐지 느낌이 싸하다 했더니 하필 골라도 그런 자를 골라 들어갔네요."

"악한 기운을 품은 영혼에게 악한 마음을 품은 인간은 더할 나위 없이 잘 맞는 짝이지."

"그때 돈을 훔친 게 그 아이가 아니라는 것 정도는 점장도 알고 있었을 겁니다."

분명 그렇다. 점장은 진짜 도둑이 누구인지 알고 있었으면서도 그 아이에게 잔혹하게 군 악마 같은 인간이었다.

"만약 서은이가 다시 그 점장을 보게 된다면…."

후배의 끔찍한 말에 정신이 번쩍 들었다. 만약에라도 그런 일은 없어야 한다. 이제야 겨우 제대로 서 있는 그 아이에게 두 번 다시 똑같은 지옥을 경험하게 해서는 안 된다.

"그 전에 반드시 잡아야 한다."

나는 그렇게 말하고서 두 눈을 감았다. 지금 이 시각 세상의 모습이 감은 눈 앞에 떠올랐다. 인적이 드문 골목길, 차들이 꽉 들어차 있는 도로, 다시 한적한 동네 골목, 가정집이 늘어선 주택가…. 급해진 마음 탓인지 망자의 기운을 찾기가 쉽지 않았다.

"뭔가 좀 보이십니까?"

후배가 말을 꺼낸 그 순간 엄청난 기운이 내 몸을 엄습했다. 그리고 손님들로 북적이는 카페의 모습이 보였다. 그러니까 간판에 'cafe vita'라 쓰인 그곳.

"경숙의 카페다."

"네?"

"경숙의 카페로 갔어."

"망자가 벌써 거기까지 갔단 말입니까? 빙의한 몸으로요?"

"그런 것 같다."

나는 걱정스러운 얼굴로 말했다.

"빙의하고 얼마 되지 않은 몸은 컨트롤하기도 힘들 텐데."

"서로의 기운이 비슷하다면 불가능한 일은 아니지."

"악과 악이 만나 최악이 된다…. 빨리 가 봐야겠네요."

우리는 곧장 경숙의 카페로 향했다.

"야단이네요. 여기서 소란이 일어나기라도 한다면…."

카페 안을 훑으며 도망친 망자를 찾고 있던 후배가 걱정스레 말했다.

"벌써 빠져나간 걸까요?"

점장의 모습은 좀처럼 보이지 않았다. 하지만 망자의 강렬한 기운이 느껴지는 것으로 보아 아직 이곳에 있는 게 틀림없었다. 어째서 이곳까지 온 걸까. 하필 왜 여기인 걸까.

나는 신경을 곤두세우고 다시 한번 카페 안을 훑었다. 그러다가 화장실에서 나오는 경숙과 눈이 마주쳤다. 그녀는 깜짝 놀란 듯 동그란 눈으로 나를 바라보았다. 놀랄 만도 하지. 붐비는 저녁 시간에 시커먼 저승사자가 카페에 나타났으니. 오히려 안 놀라는 게 이상할지도.

그렇게 그녀와 눈을 맞추고 있는데 익숙한 풍경 소리가 났다. 문 쪽으로 고개를 돌려 보니 3대 신과 그 아이가 카페 안으로 걸어 들어오고 있었다. 아니, 3대 신이 여길 왜…. 생각지도 못한 전개에 당황한 나는 놀란 얼굴로 3대 신을 빤히 바라보았다.

"3대 신이 여긴 어쩐 일로 오셨어요? 게다가 저 아이까지 데리고."

내 마음을 대변해 주듯 후배가 3대 신에게 물었다.

"왜? 카페에 커피 마시러 오는 것도 안 되나?"

"그건 아닌데, 왜 하필 이 타이밍에."

"이 타이밍이 어느 타이밍인데?"

"아…."

"쯧쯧쯧."

3대 신이 혀를 차며 카운터 쪽으로 걸어갔다.

"도망친 망자가 이곳에 있을지도 모릅니다."

나는 다급히 3대 신의 앞을 가로막으며 말했다.

"저 아이를 데리고 나가시지요."

"아, 내 가게를 쑥대밭으로 만들어 놓고 갔던 그거? 그 조무래기를 아직도 못 잡았나? 저승사자도 별수 없구먼."

"저희도 여러모로 고생하고 있는 중입니다."

후배가 나서서 대꾸했다.

"고생하고 있는 중인데도 아직 못 잡아서 이 난리야?"

그렇게 물으면 딱히 할 말은 없었다. 나 역시 그 조무래기 하나를 잡지 못해 이리도 뱅뱅 돌고 있는 내 자신이 한심하기 짝이 없었으니까. 여태껏 이리도 내가 무능해 보였던 적은 단 한 번도 없었다.

"그건 그렇고. 여기서 희생자가 나올 것 같지는 않은가?"

"네?"

"자네들은 저승사자가 아닌가. 추가된 망자 리스트 날아온 거 없냐고."

추가된 망자 리스트? 3대 신의 께름칙한 말에 불길한 기운이 주변을 감싸고 돌았다.

"사장님!"

그때 젊은 여자의 다급한 목소리와 함께 어느새 카운터 안으로 들어가 있던 점장이 모습을 드러냈다.

"꺄악!"

점장이 붙들고 있는 여자의 목에 부엌칼을 바짝 들이대자 그 모습을 본 카페 손님들이 소스라치게 놀라며 비명을 질러 댔다.

"연희 씨!"

놀란 경숙이 여자의 이름을 불렀다.

"어떻게 좀 해 봐. 당신들 저승사자잖아."

발을 동동 구르며 애타는 목소리로 말하는 경숙 뒤쪽에 서은이 넋이 나간 얼굴로 서 있는 게 보였다.

"점장님이 여기 왜…."

다시 보게 하고 싶지 않았는데 결국 아이가 보고 말았다.

"요즘 죽어도 안 죽는 사람이 많다던데 다들 궁금하지 않아? 그 말이 진짜인지?"

점장의 모습을 한 망자가 카페 손님들을 향해 떠들어 댔다.

"당신들은 안 보이지? 여기 저승사자 둘이 와 있는데."

그는 뭐가 그리도 재미있는지 연신 실실 웃으며 말했다.

"당신들도 다 죽어 볼래? 아마 죽어도 저승사자들이 못 데려갈걸? 나도 죽었는데 못 데려갔거든."

너는 내가 너를 못 잡을 거라 자신하는구나.

"여기서 소환될 사람이 많아지면 좋겠다."

그렇게 말하고서 미친 듯이 웃어 대는 점장의 얼굴은 본래도 역겨웠지만 이제 한층 더 역하게 느껴졌다. 나는 곧장 그에게로 가 손에 들고 있던 칼을 빼앗고 여자를 카운터 밖으로 내보냈다. 칼을 보고 그대로 굳어 버렸던 손님들이 그제야 소리를 지르며 카페 밖으로 뛰쳐나갔다. 나는 가로소운 망자의 멱살을 틀어잡았다.

"캑캑!"

사악한 망자의 멱살을 잡고 보니 더욱더 분노가 치밀어 올랐다.

"내가 죽으면 이 몸 주인도 같이 죽어. 저승사자가 살아 있는 사람을 죽이게?"

점장의 몸을 한 망자는 내 손에서 빠져나오려 안간힘을 쓰고 있었다.

"그건 네가 걱정할 일이 아니지."

"저승사자가 사람 죽이면 받는 벌은 없나?"

"네가 받을 벌만 할까."

"글쎄? 그럴까?"

당장이라도 숨통을 끊어 버리고 싶지만, 몸의 주인은 아직 살아 있는 인간이니 그럴 수는 없었다. 물론 그 주인 또한 숨통을 끊어 버리고 싶은 존재인 건 마찬가지였지만. 망자는 씩 웃으며 주변에 있던 전기 포트를 향해 손을 뻗었다.

"소용없다. 저승사자에게 무슨 짓을 한다고 한들."

내가 그렇게 말한 순간 망자는 전기 포트를 낚아 채 뜨거운 물을 쏟아부었다. 문제는 망자의 타깃이 내가 아니라 자신이 빙의해 있는 점장의 몸이었다는 것이다. 예상치 못한 행동에 나는 그만 멱살을 놓치고 말았다. 미친 자다. 어떻게 이렇게까지 할 수 있는 거지.

"어차피 이 몸이 죽어도 나랑은 상관없거든."

"너는 정말 최악 중 최악이로구나. 대체 네가 살고자 하는 이유가 무엇이냐. 이렇게까지 소환되고 싶지 않은 이유가 뭐냐고."

"살고자 하는 이유? 소환되고 싶지 않은 이유?"

망자가 고개를 쳐들며 말했다.

"사람이 살고자 하는 데 이유가 어디 있어. 그저 본능인 거지."

망자의 얼굴에 또다시 광기 어린 웃음이 번졌다. 삶을 절대 포기하지 않는 그의 끈질김에 순간 나는 힘이 빠져 버리고 말았다. 이젠 저 망자를 소환할 수 있을지 의심되는 지경에까지 이르렀다.

그러는 사이 그자가 조용히 부엌칼을 다시 집어 들었다. 그 다음 일이 벌어진 것은 정말 순식간이었다. 망자가 손에 쥔 칼이 3대 신의 명치를 찔렀다. 3대 신이 자리에 털썩 주저앉았다.

"할머니!"

서은이 소리치며 3대 신을 품 안에 끌어안았고, 주위에 서 있던 경숙과 젊은 여자가 놀란 얼굴로 뛰어왔다. 그러니까 정확히는 서은을 찌르려던 칼이 그 앞을 막아선 3대 신의 몸에 박히게 된 것이었다. 이미 죽은 이를 구하다니 신이 그렇게 자비로운 존재였던가. 나는 뒤통수를 얻어맞은 듯 정신이 멍했다.

"할머니, 죽으면 안 돼요. 제발…."

3대 신이 고통 섞인 신음과 함께 피를 토해 냈다.

그런데… 신도 죽던가?

"아, 안 돼! 무슨 신이 죽어. 신이 왜 죽어!"

그 아이가 어쩔 줄 몰라 하며 울음을 터트렸다.

"너도 언젠간 죽지 않니. 모든 것은 원래 왔다가 가는 법이란다."

"아니야. 신이 죽는 게 어디 있어요."

"걱정하지 마라. 신은 그 형태가 사라져도 결국 어떤 존재로든 인간의 곁에 남아 있는 법이니까. 어떤 존재로든 인간의 곁에서 인간을 지켜보며 도와주기도 하고 때론 벌을 주기도 하지."

"이렇게 죽으면 안 돼요. 나 때문에…."

"아가, 네 잘못이 아니야. 그 모든 게 다 네 잘못은 아니야. 그러니 너무 자책하지 말거라."

"제발 죽지 마요."

"그간 내 골동품 가게를 맡아 주어 고마웠다. 내가 본 너는 참 따뜻한 아이였어."

"할머니, 할머니!"

"이번 생은 네 품 안에서 따뜻하게 가는구나."

3대 신은 그 말을 끝으로 서서히 눈을 감고 숨을 거두었다. 아이는 3대 신을 꼭 끌어안은 채 목놓아 울었다.

"저 할머니가 신이었어? 재미있네."

의도치 않은 인물을 찌르는 바람에 잠시 당황했던 망자는 사태가 파악되자 다시 입을 열었다.

"신을 죽이려던 건 아니었는데."

그의 악랄한 목소리에 정신이 번쩍 든 나는 그에게 다가가 두 손으로 목을 졸랐다.

"너 때문에 희생된 자가 몇인 줄 아느냐?"

"캑캑… 내가 뭘 했다고. 그저 본능이라니까."

"본능? 너처럼 이미 죽은 자가 살고자 하는 건 본능이 아니라 헛된 욕망일 뿐이다."

빙의한 몸을 내 손아귀에 맡긴 채 망자는 아무런 저항도 하지 않았다.

"누군가를 희생시키면서까지 살겠다고 발버둥을 치는 건 괴물이나 하는 짓이라고."

망자는 깔깔 웃으며 아직 손에 쥐고 있던 칼을 점장의 배에 푹 찔러 넣었다.

"수작 부리지 마라. 이 몸에서 빠져나오더라도 너는 이미 죽은 목숨이고 결국 소환될 운명이니."

"그럴까?"

망자는 다시 한번 손에 힘을 주어 칼을 더 깊숙이 밀어 넣었다.

"이 몸은… 버리면 그만."

순간적으로 숨이 턱 멎으며 발작을 일으키던 망자는 곧 점장의 몸에서 빠져나와 쏜살같이 도망쳐 버렸다.

뒤돌아 그를 쫓으려는데 3대 신을 안고서 슬픔에 잠겨 있는 그 아이의 모습이 발걸음을 멈춰 세웠다. 나는 깊은 한숨을 내쉬며 천천히 주위를 둘러보았다. 넘어진 테이블과 의자들, 동강 난 채로 바닥을 뒹구는 커피잔들. 경숙의 카페는 그새 쑥대밭이 되어 있었다.

나는 무거운 마음으로 고개를 떨어트렸다. 이 모든 게 죽지 않고자 하는 망자의 몸부림 때문에 벌어진 일이었다.

☾

왜 망자의 표적이 하필 그 아이였는지, 3대 신은 왜 이미 죽은 그 아이를 지키려 자신까지 희생한 것인지, 소멸한 신은 언제 다시 세상에 나타날지, 아무것도 알 수 없는 채로 날이 밝았다.

"둘이서 망자 하나를 잡지 못해 기어이 이 사달을 내고야 마는구나."

소식을 듣고 찾아온 4대 신이 경숙의 카페 앞에 서서 무거운 얼굴로 말했다.

"죄송합니다. 면목 없습니다."

후배와 달리 나는 어떤 말도 차마 입 밖으로 내지 못했다.

"이번 망자는 신까지 건드렸으니 최고형을 받을 중죄인이다. 그러니 사안이 사안인 만큼 다른 저승사자들에게도 협력을 요청하도록 하지."

"예."

"그나저나…."

돌아서려던 4대 신이 다시 고개를 돌려 나를 바라보았다.

"자네도 모자라 3대 신까지. 이미 숙은 그 아이가 어찌 그리도 각별한 것인지…."

4대 신은 고개를 저으며 발걸음을 옮겼다.

"괜찮으십니까, 선배님?"

"가자. 망자를 잡아야지."

나는 전보다 더 무거워진 마음으로 망자를 찾아나섰다. 이제는 다른 이의 몸에 빙의한 것도 아닌 자유로운 상태이니 망자가 도망갈 수 있는 곳의 범위가 더 넓어졌다. 망자의 기운을 보다 잘 느낄 수 있도록 높은 건물을 찾아 옥상으로 올라갔다. 머리 위로는 구름 한 점 없이 푸르른 하늘이 펼쳐졌고, 그곳에서 내려다본 세상은 야속하리만큼 평화로운 모습이었다.

딸랑딸랑. 잠시 후 어디선가 울려 대는 방울 소리가 고요한 허공을 가르며 귓가에 전해졌다. 맑고 청아한 소리가 아니라 저들끼리 부딪치는 요란하고 따가운 소리였다. 이내 머리가 지끈거리며 두 눈이 절로 감겼다.

"선배님, 왜 그러십니까? 괜찮으세요?"

"누군가 날 부르는 기운이 느껴지는구나."

"저승사자를 찾는 이가 다 있단 말입니까? 혹시 도망친 망자와 관련이 있는 걸까요?"

"이 기운을 따라가서 확인해 봐야겠다."

온몸에 소름이 돋는 싸한 기운을 따라 도착한 곳은 평범한 주택가였다. 귀에 거슬리는 방울 소리는 점점 더 요란해졌고 어느 집 앞에 이르자 유독 또렷해졌다. 그 집은 평범한 가정집과 다름없어 보였지만, 붉은 글씨로 '만(卍)' 자가 새겨진 하얀 깃발이 내걸려 있었다. 설마… 무당이 나를 부른 건가.

"왔다, 왔어!"

집 안에서 걸걸한 중년 여성의 목소리가 새어 나왔다.

"거기 있는 거 다 알아! 도망간 망자를 잡으러 온 거지? 그자는 그냥 두고 가!"

저승사자더러 소환할 망자를 두고 가라니. 그건 말도 안 되는 소리지. 나는 피식 웃음을 터트렸다.

"어허! 험한 꼴 보고 싶지 않으면 그리하라니까!"

지금 저승사자에게 엄포를 놓는 건가. 간도 큰 무당이로군. 제아무리 무당이라 해도 무당 또한 죽으면 저승사자의 손에 이끌려 가는 것을. 신을 모시는 무당이 저승사자와 싸워 좋을 것이 무엇이란 말인가.

"아, 돌아가래도! 안 그러면 신께서 진짜 노하신다!"

무당의 큰소리에도 아랑곳하지 않고 후배와 나는 대문 안으로 들어갔다.

"돌아가! 돌아가란 말이야!"

무당이 다급하게 외쳤다. 마주할 배짱도 없으면서 저승

사자를 겁박했단 말인가? 어리석은 무당 같으니.

"도, 돌아가라고!"

현관문을 열고 들어서니 벽면을 가득 메운 화려한 병풍 앞에 잘 차려진 상이 놓여 있었다. 잠시 두 손을 멈춰 세운 무당은 자신의 나약함을 감추려는 듯 눈에 더욱 힘을 주고서 우리를 바라보았다. 머리에 붉은 모자를 쓰고 알록달록한 한복을 차려입은 그녀가 이내 방울을 다시 흔들어 댔다.

"도, 돌아가 어서. 써, 썩 돌아가거라."

그때 겁에 질린 듯 말을 버벅대는 무당 뒤편에 세워져 있던 병풍이 미세하게 흔들리는 게 보였다. 망자가 저 안에 있는 게 분명했다.

"거기 있는 거 다 안다. 하다 하다 이젠 무당까지 조종하는 것이냐."

그 순간 병풍의 움직임이 멈추었다.

"이쯤 했으면 너도 슬슬 지칠 법도 한데, 그만하고 얌전히 우리를 따라가지 그러느냐. 마지막 기회다."

여전히 미동도 하지 않는 망자를 뒤로한 채 나는 무당에게로 시선을 돌렸다. 무당은 흠칫 놀라며 휘둥그레한 눈으로 나를 쳐다보았다.

"신을 모시는 무당이 악귀와 손을 잡으면 어찌되는지 아는가."

무당이 급히 시선을 떨구었다.

"저자가 악귀인 것을 자네가 모를 리는 없고. 신이 발부하는 벌전 청구서를 받고 싶지 않거든 저 악귀는 그만 나에게 넘기시게."

무당은 벌벌 떨며 뒤에 있는 병풍을 흘끔 살폈다.

"악귀와 손을 잡고 저승사자를 해쳐 집안 대대로 벌전을 무는 것이 낫겠는가, 아니면 저 악귀를 나에게 넘기는 것이 낫겠는가?"

무당이 고민하는 표정으로 침을 꼴깍 삼켰다.

"선택은 자네의 몫일세."

"신이시여… 왜 저를 이런 시험에 들게 하시나이까."

"시험에 들게 하는 건 신이 아니라 자네지. 악귀의 협박에 못 이겨 지금 자신의 목숨만 생각하고 있지 않은가."

무당은 입을 꾹 다물었다.

"아이씨! 뭐 하고 있어! 진짜 죽고 싶어?"

드디어 병풍 뒤에서 도망친 망자의 목소리가 들려왔다.

"요, 용서하십시오!"

그의 협박을 이겨 내지 못한 무당이 몸을 파르르 떨며 미친 듯이 방울을 흔들어 댔다.

"어어어어어! 여기가 어디라고 저승사자가 함부로 찾아왔느냐! 썩 물렀거라!"

시끄러운 방울 소리가 집 안 가득 울려 퍼지고 머리가 깨질 듯 아파 왔다. 이내 정신이 몽롱해지면서 두 눈이 스르르 감겼다.

"오라버니! 오라버니!"
살며시 눈을 떠 보니 낯선 풍경이 펼쳐져 있었다. 돌을 차곡차곡 쌓아 올린 낮은 담장과 그 아래 예쁘게 자리 잡은 꽃들. 이곳은 어디일까.
"오라버니!"
다시 들려온 까랑까랑한 목소리에 고개를 돌렸다. 길게 땋은 머리 끝에 댕기를 맨 소녀가 등 뒤에 앉아 말간 눈으로 나를 쳐다보고 있었다.
"몇 번을 불러도 대답도 않고. 오라버니 왜 그래?"
소녀가 입을 삐죽 내밀며 볼멘소리로 투덜거렸다.
"나를 부른 것이냐."
내 입에서 처음 들어 보는 소년의 목소리가 나왔다.
"그럼 여기 오라버니가 오라버니 말고 또 있어?"
"…."
"나무하러 간다며."
나무하러? 알 수 없는 소리에 몸을 일으키고 주위를 둘러보니 집 앞마당 한편에 지게가 하나 놓여 있었다.

"일찍 와. 내가 맛있는 거 해 놓을게."

소녀가 말했다.

"너… 이름이 무엇이냐."

소녀가 의아하다는 표정으로 나를 빤히 바라보았다.

"내 이름도 몰라? 명이잖아, 명이. 오라버니 누이."

"아…."

"아? 오라버니 오늘따라 너무 이상해."

명이…. 그 이름은 들어 본 적이 없는 것 같았지만, 왠지 소녀의 얼굴은 낯설지가 않았다.

"근데… 부모님은 안 계신 것이냐."

부모님이라는 말에 소녀의 표정이 어두워졌다.

"오라버니 진짜 왜 그래. 부모님은 우리 어렸을 적에 다 돌아가셨잖아. 가족이라고는 달랑 우리 둘뿐이고. 오라버니 어디 아파?"

소녀가 진심으로 걱정스러운 듯 물었다.

"아, 아니다. 미안하구나. 내가 괜한 걸 물었다. 나는 괜찮으니 걱정하지 말 거라."

소녀가 깊은 한숨을 내쉬었다.

"얼른 나무하러 가야겠구나."

나는 소녀를 안심시키려 애써 웃으며 한 번도 매 본 적 없는 지게를 어깨에 허둥지둥 둘러멨다.

"오라버니 잘 다녀와!"

문간에 선 소녀는 내가 집에서 한참을 멀어질 때까지 손을 흔들어 주었다.

이상하게도 나는 나무를 베야 할 곳을 자연스레 찾아가고 있었다. 한 번도 가 본 적 없는데도 구불구불한 흙길을 걸어 비탈진 언덕으로 올라갔다. 목적지에 도착해서는 늘상 해 오던 일인 듯 나무를 베고 지게에 쌓았다. 그러고는 해가 지기 전에 서둘러 집으로 향했다. 무거운 지게를 어깨에 지고도 발걸음을 가벼이 놀리고 콧노래까지 흥얼거렸다.

"명이야!"

집으로 돌아온 나는 처음 들었을 때와 달리 어쩐지 익숙하기도 한 그 이름을 불러 보았다.

"명이야!"

한 번 더 불러 보았지만 누이는 아무런 대답이 없었다. 나무를 하러 가기 전과 달리 앞마당에는 쓸쓸함이 내려앉아 있었다.

"명이…."

누이의 이름을 부르며 방문을 연 순간, 어두컴컴한 방 천장에 매달린 줄에 목을 맨 채 고요히 잠들어 있는 누이의 모습이 보였다.

"명이야, 너 왜 그러고 있어?"

나는 천천히 손을 뻗어 누이의 발목에 살포시 대 보았다. 너무나 차가웠다. 사람의 온기라고는 하나도 느껴지지 않았다. 분명 오늘 낮까지만 해도 나를 보며 환하게 웃던 그 얼굴은 새파랗게 질린 채 두 눈을 꼭 감고만 있었다.

"일찍 오라며. 맛있는 거 해 놓는다며."

손이 파르르 떨리고 두 눈에 눈물이 차올랐다.

"명이야, 명이야…."

한참을 그렇게 누이의 이름만 부르다가 나는 조심스레 밧줄에서 누이의 몸을 빼낸 뒤 바닥에 눕혔다. 힘없이 축 늘어지는 몸이 이제 누이가 다시는 돌아오지 않는다는 사실을 말해 주는 것만 같았다. 컴컴한 어둠 속에서 스스로 목을 매달아 목숨을 끊었을 누이 생각에 속이 울렁거렸다. 세상에 유일하게 남은 내 혈육이 이리도 외로이 세상을 떠나다니. 뭐가 잘못된 걸까, 어디서부터 잘못된 걸까. 나는 넋이 나간 얼굴로 되짚고 또 되짚어 보았다.

언제 잠이 든 건지 다시 눈을 떴을 때는 여명이 밝아 오고 있었다. 누이는 미동도 없이 어제 모습 그대로 누워 있었다. 나는 팔을 베고 누운 채 가만히 누이의 얼굴을 바라보았다. 가족이라고는 단둘뿐인데 땅에 묻고 장례를 치를 자신이 없었다. 갑작스러운 누이의 죽음은 좀처럼 받아들여지지 않았다.

시간이 흐르고 날이 훤히 밝자 누이의 모습이 더욱 선명하게 보였다. 자세히 보니 몸 여기저기에 상처와 멍이 나 있고 옷도 해져 있었다. 누군가에게 괴롭힘이라도 당한 걸까. 나는 불길한 생각에 사로잡힌 채 몸을 일으켰다. 그때 바깥에서 아주머니들이 수군대는 소리가 들려왔다.

"얘기 들었어?"

"무슨 얘기?"

"이 집 처녀가 글쎄 무뢰배들한테 욕을 당했대!"

"세상에! 그게 정말이야?"

그 순간 나는 무언가에 홀린 듯 방문을 박차고 나가 아주머니들을 향해 맨발로 성큼성큼 걸어갔다.

"부모도 없이 오라비랑 단둘이 산다며."

"그러니 딱해서 어째."

"아휴, 무뢰배들한테 욕을 당하느니 차라리 죽는 게 낫지."

걸음걸이만큼이나 심장이 빠르게 요동쳤다. 아주머니들을 붙잡고 나는 신경질적으로 물었다.

"지금 하신 말씀들이 다 사실입니까?"

깜짝 놀란 아주머니들은 서로를 번갈아 보았다.

"전부 사실이냐고요!"

내가 큰 소리로 다그치자 아주머니들은 말없이 고개를 끄덕였다.

"그 무뢰배들은 어디 사는 누구랍니까."

"우리야 잘 모르지. 그저 어디서 주워들은걸."
"꼭 좀 알려 주십시오. 알아야 합니다."
아주머니들은 난처한 얼굴로 선뜻 입을 열지 않았다.
"제 누이가 죽었단 말입니다!"
참을 수 없는 분노가 치밀어 올랐다. 내 누이를 저렇게 만든 것들을 다 죽여 버리고 싶었다. 몸이 부들부들 떨리고 숨이 가빠 왔다.

나는 며칠간 미친 듯이 무뢰배들의 행방을 찾아다녔다. 여러 차례 수소문한 끝에 드디어 그들이 머물고 있는 움막을 찾았을 때는 누이를 잃은 슬픔과 절망, 분노, 그리고 하나뿐인 누이를 지키지 못한 스스로에 대한 원망으로 눈에 보이는 게 없는 상태였다. 무뢰배들은 하나둘 외마디 비명과 함께 바닥을 나뒹굴었다. 그들이 모두 죽고 난 뒤에야 나 또한 온몸이 피범벅이 된 채로 움막을 빠져나왔다.

집에 어떻게 돌아왔는지는 기억나지 않았다. 그저 다시 돌아와 방문을 열었을 때 여전히 누이가 고요히 누워 있었고, 그런 누이의 얼굴을 한참 동안 바라보다가 잠이 든 것만 기억했다. 다음 날 누이를 조심스레 안고 나가 양지바른 곳에 묻어 주었다.

"미안하다, 명이야. 다음 생엔 좋은 부모, 좋은 오라비를 만나 행복하게 살려무나."

누이의 무덤 앞에 무릎을 꿇고 앉아 그렇게 중얼거린 나는 품속에서 칼을 꺼내 심장에 힘껏 꽂아 넣었다. 머릿속에서 누이를 만났던 첫날의 기억이 재생되었다. '오라버니! 오라버니!' 하는 소리에 눈을 떠 보니 낮은 돌담 아래 예쁘게 자리 잡은 꽃들이 피어 있다. 등 뒤에서는 길게 땋은 머리에 댕기를 매단 소녀가 나를 바라보고 있고.

처음에는 밝고 어여쁜 누이의 모습을 다시 볼 수 있어 죽으면서도 좋았다. 하지만 기억은 거기서 멈추지 않았다. 누이는 밧줄에 목을 맨 채 싸늘히 식어 버렸고, 슬픔과 분노에 잠식당한 나는 무뢰배들을 찾아나섰다. 그리고 방금 전과 마찬가지로 누이의 무덤 앞에서 칼을 꺼내 들었다.

기억이 두 번, 세 번 반복되자 나는 누이의 죽음을 막으려는 시도를 해 보았다. 하지만 나무를 하러 가지 않고 누이 곁에 있어 보아도 결국에는 죽음을 막을 수 없었다. 이번에도 나는 그 모든 과정을 거쳐 누이의 무덤 앞에서 스스로 목숨을 끊으려던 참이었다.

"아저씨!"

불현듯 귀에 익은 목소리가 들려왔다.

"아저씨!"

절박하고도 다급한 목소리. 나는 고개를 돌려 주위를 둘러보았다. 아무도 보이지 않는 넓은 들판에 같은 소리가 메아리쳤다.

"아저씨, 제발 일어나 줘요."

나에게 하는 소리인가? 나는 아저씨가 아닌데.

"아저씨가 일어날 때까지 안 가고 여기서 딱 버티고 있을 거예요."

누군지는 알 수 없었지만 그 절절한 목소리가 자꾸 마음에 걸렸다.

"내가 아프지 않으면 좋겠다면서요."

순간 머릿속에서 종이 울리는 듯했다. 내가 뭔가를 잊고 있는 건가.

"나 지금 되게 아파요. 아저씨 때문에 아프다고요."

하지만 나는 마음을 다잡고 다시 칼을 들었다.

"보고 싶어요."

그 말을 들은 순간 칼을 쥔 손이 움직이지 않았다. 그리고 많은 장면들이 머릿속을 빠르게 스치고 지나갔다. 추운 겨울 차가운 강물에 몸을 던지던 모습, 부엌에서 날카로운 가위로 손목을 긋던 모습, 가파른 계단을 구르던 모습. 그리고 나를 붙잡았던 그 손, 나를 향해 미소 짓던 그 얼굴, 자신을 좋아해 달라던 그 말까지.

모든 기억이 되살아났다. 나도 그 아이가… 보고 싶었다.

사랑의

표트

"아저씨, 정신이 들어요?"

좀처럼 깨어나지 않던 아저씨가 이제야 정신이 드는지 살며시 눈을 떴다.

"여기가 어디지?"

"기은이네 집이요."

"내가 왜 여기…."

"아저씨가 정신을 잃고 쓰러졌다는 걸 후배 저승사자 아저씨가 알려 줘서 같이 이리로 옮겨 왔어요."

"저 아이는…."

아저씨가 내 뒤에 서 있는 기은을 바라보며 물었다.

"얘가 기은이에요. 집안이 대대로 무당집을 해 오는."

"무당집…."

"하필 무당한테 당했는데 또 무당집에 데려온 건 죄송하지만요."

기은이 능청스럽게 말했다.

"저승사자를 병원에 데려갈 수는 없으니까."

나도 나지막이 거들어 보았다.

"신세를 졌구나."

"별말씀을요."

기은이 아저씨를 보며 씩 웃었다.

"아저씨가 무의식의 세계에 갇힌 것 같다고 기은이네 어머니가 말씀하셨어요. 아마 무당이 벌인 짓일 거라고요. 저승사자를 그렇게 만들 수 있는 건 신이나 무당 정도가 아니겠냐며."

아저씨는 아무런 말도 하지 않고 그저 멍하니 천장을 바라보았다.

"진짜 무당을 만났어요?"

아저씨가 고개를 끄덕였다.

"왜요?"

"도망친 망자가 무당집으로 숨어들었거든. 처음엔 무당을 조종해 나를 쫓아내려고 했지만 뜻대로 되지 않자 무당을 협박해 아예 나를 잠재워 버린 거지."

편의점 점장의 몸에 빙의했던 그 망자는 3대 신 할머니를 칼로 찌른 것도 모자라 아저씨를 위험에 빠트리기까지 했다. 참으로 악질적인 영혼이었다.

"나와 같이 다니던 후배는 어디 있는지 아느냐."

나는 고개를 저었다.

"자세히는 몰라요. 아저씨를 여기로 옮기고 난 뒤에, 망자를 찾아 없애 버리겠다며 화가 잔뜩 난 상태로 가 버렸거든요."

아저씨는 어두운 표정으로 힘겹게 몸을 일으켜 세웠다.

"지금 가려고요?"

"가 봐야지. 망자를 소환하는 것이 내 임무이니."

머뭇거리던 나는 다급히 아저씨의 옷자락을 붙잡았다.

"나도 갈래요."

아저씨가 나를 빤히 바라보았다.

"3대 신 할머니를 그렇게 만들어 버린 그 망자, 나도 잡고 싶어요."

"네가 할 수 있는 일은 없다. 망자를 잡아 소환하는 것은 저승사자의 임무이기도 하고."

아저씨의 태도는 단호했다.

"뭐라도 돕게 해 줘요. 이번엔… 내가 아저씨를 돕고 싶어요."

나는 물러서지 않고 다시 한번 진심을 담아 말했다.

"난 이미 죽었잖아요. 그러니까 어떤 일이 생겨도 상관없어요."

아저씨의 표정을 보아하니 고민 중인 모양이었다.

"미움과 증오, 원망하는 마음을 가져서는 안 된다."

드디어 허락이 떨어졌다.

"악함은 물듦이 빨라 미움이나 증오 같은 나쁜 감정을 가진 이들은 더할 나위 없이 이용하기 좋은 수단이 되고는 하지."

"걱정하지 마요."

나는 확신에 찬 말투로 답했다.

"난 그저 그 망자가 소환되는 걸 보는 게 목표니까."

아저씨는 알겠다는 듯 고개를 끄덕였다.

☾

"선배님, 이제 괜찮으신 겁니까?"

며칠 만에 만난 후배 저승사자 아저씨가 반가운 얼굴로 물었다.

"덕분에. 고맙구나."

"고맙긴요."

그의 눈에 눈물이 핑 도는 것이 보였다.

"선배님이 잘못되시는 줄 알고 십년감수했습니다."

"저승사자 수명이 10년 줄어 봐야 무슨 큰일이 나겠느냐."
"농담하시는 걸 보니 이젠 진짜 괜찮으신가 봅니다."
저승사자 아저씨가 피식 웃음을 터트렸다.
"그나저나 서은이 이 아이는 왜 데리고 오신 겁니까?"
그의 물음에 아저씨의 시선이 나에게로 향했다.
"도망친 망자를 잡는 걸 돕겠다 하여…."
"돕는다고요?"
그가 휘둥그레한 눈으로 아저씨와 나를 번갈아 보았다.
"이 아이가 있다고 해서 뭐가 도움이 되겠습니까? 그저 짐이 되지 않으면 다행이지."
짐이라는 말에 나는 그를 노려보았다.
"안 돼요."
그리고 단호하게 말했다.
"뭐?"
"안 된다고요, 짐. 적어도 짐은 안 돼요."
그는 여전히 미심쩍은 표정이었지만 더 이상 대꾸는 하지 않았다.
"도망친 망자의 행방은 어찌되었느냐."
"안 그래도 다른 저승사자들도 함께 나서 행방을 찾는 중입니다."
"그자의 기운은 내가 제일 잘 알지."

"너무 무리하지 마십시오. 이제 막 일어나셨는데."

"소환이 이미 많이 늦어졌다. 어서 임무를 완수해야지."

"그렇긴 하지만…."

"근데 그 망자는 대체 왜 이렇게까지 도망을 다니는 거예요? 특별한 이유라도 있어요?"

이번에는 내가 입을 열었다.

"죽고 싶지 않아서지. 아니, 정확히 말하면 이미 죽었지만 소환되고 싶지 않아서다. 자신의 죽음을 인정하지 못하는 거지."

후배 저승사자 아저씨가 답했다.

"세상엔 죽고 싶어 하는 사람도 많지만, 죽고 싶지 않아 하는 이는 그보다 더 많다."

어쩐지 나 들으라고 하는 말인 것 같았다.

"그나저나 이 동네에 진을 친 지도 꽤 되었는데 아직 아무런 기척도 느껴지지 않습니다."

저승사자 아저씨는 조용히 두 눈을 감더니 미동도 없이 한참을 있었다.

"알 것 같구나."

"기운이 느껴지십니까?"

"멀리에 있지만 악한 기운이 더 강해진 탓에 또렷이 느껴진다. 분명 그자가 틀림없어."

저승사자 아저씨의 말에 긴장감이 맴돌았다.

"이제 진짜 잡아야 한다."

"예, 그래야지요."

두 저승사자의 얼굴에 비장한 각오가 넘쳐흘렀다.

"근데 이 아이도 진짜 데려갈 생각이십니까?"

아저씨가 나에게로 시선을 돌렸다.

"네가 해 줄 일이 있다."

내가 해 줄 일? 말없이 저승사자 아저씨의 얼굴을 바라본 순간, 배경이 순식간에 바뀌어 어느새 나는 한강 다리 위에 서 있었다.

"이곳을 기억하느냐?"

"여긴…."

처음 내가 죽었던 장소였다. 한겨울 칼바람이 스타킹을 뚫고 들어와 맨살을 후벼 파던 바로 그곳.

"여기서 서은이가 할 일이라는 게 뭡니까?"

후배 저승사자 아저씨가 물었다.

"저기를 보아라."

저승사자 아저씨가 손가락으로 가리킨 곳에는 내가 죽던 그때처럼 한 소녀가 다리 난간 위에 서서 강물을 바라보고 있었다. 그리고 그 옆에서 마치 먹잇감을 포획하려 기회를 노리는 맹수처럼 무언가가 소녀를 주시하고 있었다. 괴물

같기도, 악마 같기도 한 끔찍한 형체의 무언가가.

"저 악귀가 바로 우리가 찾던 망자다."

처음과는 너무나도 달라진 흉측한 모습에 나는 놀라지 않을 수 없었다.

"쯧쯧, 악한 일을 얼마나 많이 저질렀는지 초반의 모습은 이제 온데간데없네요."

"지금 저 소녀의 눈에는 악귀도, 저승사자도 보이지 않지."

저승사자 아저씨가 다시 나에게로 시선을 돌렸다.

"하지만 너는 보인다."

그렇겠지. 난 이미 죽었긴 하지만 아직 소환되지 못하고 살아 있으니까.

"저 소녀가 죽으면 옆에 서 있는 악귀가 소녀의 혼을 잡아먹으려 할 것이다. 악귀가 혼을 잡아먹으면 그 악함이 더 강해지는 법이지."

악귀가 혼을 잡아먹는다고?

"나약한 인간은 누군가 마음을 건드리기도 무너트리기도 쉽다. 냉혹하고 모진 현실에 절망하고 모든 걸 포기했던 그때의 너처럼."

그때 기댈 곳 하나 없이 홀로 서 있던 나는 작은 입김에도 꺼져 버릴 것 같은 위태로운 상대였다. 그래서 세상을 원망하는 것 말고는 할 수 있는 일이 없었다. 이미 죽은 지금

에야 깨달은 것은 아저씨 말대로 실은 내가 나약했었다는 사실이다.

"그러니 이번엔 네가 지켜 보거라."

나는 말없이 아저씨의 얼굴을 바라보았다.

"아무것도 잃을 게 없는 네가, 모든 걸 다 잃어 본 네가 절망하고 포기하려는 나약한 인간을 구해 보거라. 악귀에게 가여운 혼이 먹히지 않을 수 있는 방법은 저 아이가 사는 것뿐이다."

내가 과연 누군가를 구할 수 있을지 걱정이 앞섰지만 망설일 시간이 없었다. 소녀가 강물로 뛰어들기 전에 어서 구해 내야 했다. 나는 쿵쾅대는 심장을 달래며 난간 위에 서 있는 소녀에게 다가갔다. 거리가 가까워질수록 악귀가 나를 향해 점점 더 사나운 기색을 드러냈다. 하지만 그쯤은 겁나지 않았다. 나는 이곳에서 스스로 목숨을 끊었던 망자니까.

더 이상 두고 볼 수 없다는 듯 악귀가 내 쪽으로 완전히 방향을 틀고 당장이라도 달려들 기세로 으르렁거렸다. 그때 순간 이동을 한 것인지 갑자기 모습을 드러낸 아저씨가 악귀의 발목을 무언가로 붙들어 매고는 나를 향해 고개를 끄덕였다. 악귀는 자신이 붙들고 있을 테니 나는 그저 소녀를 구하라는 것 같았다. 나를 지그시 바라보고 있는 아저씨의 덤덤한 얼굴이 내 마음을 든든히 채웠다. 그래, 그를 믿고 나를 믿어 보자. 지금 내가 할 수 있는 일은 단 하나다.

"저기요!"

두 눈을 감고 강물로 몸을 던지려는 소녀를 다급히 불러 세웠다. 다행히 눈을 뜬 소녀가 나를 돌아보았다. 나는 말을 고르느라 잠시 머뭇거렸다.

"밥!"

그러다가 내가 듣기에도 엉뚱한 말을 외쳤다.

"밥은 먹었어요?"

소녀는 의아하다는 표정으로 나를 물끄러미 바라보았다. 그제야 소녀의 얼굴에 난 상처가 눈에 들어왔다.

"괜찮아요?"

지난날의 내가 떠오르자 자연스레 그런 물음이 이어졌다.

"많이 힘들죠?"

만약 그때 그렇게 물어봐 주는 사람이 있었다면 나는 죽지 않았을까.

"많이 아프죠?"

나를 진심으로 알아주는 이가 있었더라면….

"세상이 진짜 거지 같죠?"

나를 바라보는 소녀의 눈에 눈물이 차올랐다.

"다들 행복해 보이는데 왜 내 세상만 암울한 건가 싶고, 어디서부터 뭐가 잘못된 건지도 잘 모르겠고, 내가 문제인 건가 싶기도 하고."

소녀는 그간의 고통을 왈칵 쏟아 냈다. 나는 난간 위에 아슬아슬하게 서 있는 소녀의 다리를 꽉 붙들었다.

"벼랑 끝에 혼자 서 있지 말고 내려와서 나랑 같이 서요. 같이 서면 그래도 덜 무섭잖아."

서럽게 울던 소녀는 난간에서 내려와 내 품에 안겼다. 나는 소녀의 등을 가만히 토닥여 주었다.

"씨, 다 된 밥이었는데! 이거 놔!"

두 저승사자에게 제압당한 악귀가 악을 쓰고 있었다.

"너 따위 망자 하나를 잡는 데 참 오래도 걸렸구나."

아저씨의 굵직한 목소리에는 그간의 분노가 꾹꾹 눌려 담겨 있었다.

"이번엔 절대 놓치지 않으려 4대 신께 물건도 빌려 왔다."

후배 저승사자 아저씨가 악귀의 두 손목에 수갑처럼 생긴 시커먼 팔찌를 채우며 있는 힘껏 쏘아보았다.

"양성훈, 34세, 사인은 심장마비."

"소환되어야 할 망자가 저승사자로부터 도망친 죄, 다른 망자를 겁박한 죄, 다른 망자들을 멋대로 선동한 죄, 인간에게 멋대로 빙의한 죄, 상관도 없는 인간들에게 피해를 준 죄, 감히 신을 건드린 죄, 빙의한 인간을 죽인 죄, 무당과 손을 잡고 저승사자까지 해야려 한 죄, 그러고도 정신을 못 차리고 또 다른 인간을 탐한 죄. 지금까지 밝혀진 죄목만 해도 자그마치 아홉 개나 된다. 이 정도면 천계를 넘어 지옥에서도 평생 그 죗값을 치르겠구나."

"신을 죽인 건 내 고의는 아니었잖아!"

"어찌되었든 네가 한 일의 결과가 신에게까지 영향을 미치지 않았느냐!"

"그건 그 망할 신이 끼어들어서지!"

"조용! 지금 뭘 잘했다고 떠드는 것이냐!"

후배 저승사자 아저씨가 악귀를 향해 소리쳤다. 그가 그렇게까지 화난 모습은 처음 보는 것 같았다.

"너는 천계에 가든, 지옥에 가든 믹서에 갈리듯 갈려 나갈 것이다. 이미 죽었음에도 아주 큰 고통을 맛볼 테지. 너의 그 고통은 영원히 끝나지 않을 것이야."

그는 저주를 퍼붓듯 말했다.

"아이씨…."

"그러게 진즉 소환되었으면 좋았을 걸 왜 스스로 운명을 꼬아서는."

두 저승사자는 그렇게 악귀를 데리고 발걸음을 옮겼다. 아마도 천계로 소환하는 것이겠지. 그러고 나면 지옥으로 가려나? 이미 죽은 자가 저승사자의 인도를 거부하고 세상에서 날뛴 죄의 대가는 꽤 가혹했다.

☾

 붉고 노랗게 물들었던 나뭇잎이 모두 지고 초겨울이 찾아왔을 즈음 소환되지 못했던 망자들의 소환이 거의 마무리되었다. 경숙 아주머니와 연희 언니가 차례로 떠나고 이제 남은 건 나뿐이었다.
 소환일이 다가오면 과거의 고통이 다시금 되살아난다고 했던가. 강물에 빠지고, 가윗날로 손목을 긋고, 계단을 굴렀던 순간들이 끝도 없이 머릿속에서 재생되었다. 기억 속에서 겪는 고통은 실제 죽을 때 느꼈던 것보다 수십 배, 수백 배는 더 끔찍했다. 장기가 뒤틀려도, 몸에 불이 붙어도 이보다 지독하게 고통스럽지는 않을 것 같았다.
 "송서은, 너도 이제 드디어 소환되는구나."
 죽은 육신에서 빠져나온 내 영혼은 후배 저승사자 아저씨와 마주 보았다.
 "네."
 "드디어 떠나는 심정이 어떠냐, 후련하냐?"
 그가 나지막이 물었다.
 "잘 모르겠어요. 불과 작년까지만 해도 너무 죽고 싶었는데 막상 죽게 되니 아쉬운가 싶기도 하고."
 "인생이란 그런 것이지. 따뜻할 땐 아, 좋다 싶다가도 추울 땐 아, 죽겠다 싶은 것."

"아저씨는 저승사자 하면서 좋은 점은 없어요?"

"글쎄다…."

그는 고개를 들어 푸른 하늘을 보았다.

"소환했던 망자의 다음 생을 볼 수 있는 거?"

"정말요?"

"그래. 안쓰러웠던 망자가 다음 생에 화사한 삶을 맞이하면 기분이 그렇게 좋을 수가 없더구나. 누군가의 죽음을 본다는 건 고되고 슬픈 일이지만 그 죽음이 끝은 아니기에 저승사자 일도 할 만하지."

"하지만 중죄인에게 다음 생 같은 건 없겠죠?"

나는 조금 씁쓸한 얼굴로 물었다.

"가끔 신의 자비로 중죄인의 삶도 끝나지 않는 경우가 있다고 들었다. 신이 가엾이 여기면 다시 기회를 줄지 어찌 알겠느냐."

"그 기회가 꼭 좋은 삶은 아닐 수도 있잖아요."

"좋은 삶이라…. 근데 과연 좋은 삶이라는 게 있을까?"

내가 한 말을 가만히 되뇌던 그가 물었다. 사실 나도 좋은 삶이라는 게 어떤 건지 잘 모르겠다. 돈이 많은 게 좋은 삶이라 해도 돈이 많다고 다 행복한 건 아니고, 행복한 게 좋은 삶이라 해도 태어나서 죽을 때까지 행복하기만 한 사람은 없다. 한결같이 좋거나 영원히 지속되는 건 아무것도 없다. 그렇다면 좋은 삶이라는 건 어떤 걸까. 그가 의문을 던졌듯 좋은 삶이라는 게 있기는 한 걸까.

"그저 수많은 삶이 저마다 의미가 있는 것 아니겠느냐."

나는 그렇게 말하는 저승사자의 얼굴을 빤히 바라보았다. 늘 너스레를 떨던 이 아저씨도 분명 몇백 년을 살았을 것이다.

"마지막으로 악수 한번 하자꾸나."

나는 빙긋 웃으며 그의 손을 잡았다.

"아, 그새 너에게 정이 든 것 같구나."

그는 재빨리 눈물을 훔쳐 내고 말했다. 자기가 울기는 왜 운담.

"저승사자 아저씨가 그러던데, 아저씨는 너무 감정적이라고."

"선배님이 너무 이성적이신 거다. 너한테만 빼고."

나는 피식 웃음을 터트렸다.

"진짜라니까?"

"알겠어요."

"여튼 이제부터는 선배님과 함께하거라."

"네? 아저씨는 같이 안 가요?"

"본래는 2인 1조로 소환을 진행하나, 나는 눈치가 있는 저승사자이니 여기서 빠져 주겠다."

그가 내 시선을 피하며 말했다.

"그간 애 많이 썼다. 힘든 삶을 살아오느라, 고단한 삶을 버텨 내느라 고생 많았어."

어느 때보다 진지한 그의 말에 눈가가 뜨거워지며 눈물이 차올랐다.

"촌스럽게 진짜…."

울고 싶지 않았는데, 쿨하게 이별하고 싶었는데 쉴 새 없이 눈물이 흘러나왔다.

"그럼 여기서 이만 인사하자."

그 역시 울컥하는 감정을 주체하지 못하겠는지 황급히 몸을 돌려 사라져 버렸다. 정말이지 촌스럽고 짜증 난다. 무슨 저승사자가 저렇게 정이 많은지.

그렇게 후배 저승사자 아저씨가 떠나고 얼마 지나지 않아 저승사자 아저씨가 모습을 드러냈다.

"통 보이지 않는구나."

"아저씨랑 같이 다니던 그 후배 아저씨요?"

나는 아무 일도 없었던 듯 덤덤히 물었다.

"마지막은 선배님과 함께하라던데요?"

"쓸데없는 짓은 잘하는구나."

나는 그저 씩 웃어 보였다.

"자, 가자꾸나."

"네."

저승사자 아저씨를 따라 천계로 향하는 동안 내가 살아온 시간을 되돌아보았다. 고작 20년이 전부였지만 그 세월이 한없이 길게 느껴졌다. 내가 태어난 날 엄마가 죽고, 세상에 남은 유일한 가족이자 버팀목이었던 아빠는 산더미처럼 쌓인 빚을 갚다 내 나이 열아홉에 세상을 떠났다.

가난의 무게는 생각보다 훨씬 무거웠으며, 가난을 바라보는 사람들의 시선은 냉담하기만 했다. 빛이 아닌 빚이, 내 편이 아닌 남의 편만이 존재하는 세상이었다. 하지만 내 생의 마지막 1년 동안은 누군가 든든한 힘이 되어 주었다.

"고마워요, 아저씨."

어느새 천계로 올라가는 길 앞에 다다랐다. 이제 이 무뚝뚝한 얼굴도, 굵고 낮은 목소리도 다시는 보고 들을 수 없겠지.

"아저씨 덕분에 좋은 사람들도 만나고 따뜻함도 느끼면서 덜 아프게 있다가 갈 수 있었어요."

아저씨는 속을 알 수 없는 표정으로 나를 바라보았다.

"아저씨 말이 맞더라고요. 나는 이미 많이 아파 봐서 또 아파도 괜찮을 거라고 생각했는데… 아니었어요. 아파 봤더라도 다시 아플 수 있더라고요."

"무의식에 빠졌을 때 전생을 보았다. 계속되는 지옥에서

헤매고 있는데 네 목소리가 들려왔지."

아저씨가 드디어 입을 열었다. 나는 조용히 그의 말에 귀를 기울였다.

"내가 일어날 때까지 기다리고 있겠다고 말했어."

"맞아요. 내가 그랬어요."

"너로 인해 그 무의식의 세계에서 빠져나올 수 있었다."

그러니까… 지금 나에게 고맙다는 말을 하고 싶은 건가.

"있잖아요, 아저씨. 만약에, 진짜 만약에 아저씨랑 내가 다시 만난다면요…."

그럴 일은 없겠지만.

"그땐 둘 다 사람으로 따뜻한 봄에 만났으면 좋겠어요. 이번엔 추운 겨울에 만나 어두운 모습만 보여 줬으니까, 다음엔 따뜻한 봄에 만나 밝은 모습만 보여 주고 싶어요."

"너는 이미 밝고 예쁘게 빛났다."

아저씨가 어느 때보다 환하게 미소 지었다.

"네가 평온해지는 걸 지켜봐서 좋았어. 그리고 지금 너의 마지막을 함께하고 있어 더할 나위 없이 좋다."

아… 이번에는 진짜 울지 않으려고 했는데. 어떻게든 꾹꾹 눌러 참아 보려 했는데. 또다시 뜨거운 눈물이 두 뺨을 타고 흘러내리고야 말았다. 게다가 가슴까지 욱신거렸다.

"너에게 다음 생이 있다면, 그땐 네가 이렇게 아프게 우는 날이 덜했으면 좋겠구나."

"무슨 저승사자가…."

나는 엉엉 우느라 말을 한 번에 다 하지 못했다.

"…이렇게 따뜻해요."

사람들은 아저씨를 죽음을 걷는 저승사자, 불길한 저승사자라 부르지만 나에게는 쉼이자 따스한 온기였다. 나는 다시 만날 수 있기를 간절히 바라며 아저씨를 꼭 끌어안았다. 내 등을 감싼 아저씨의 손이 조심스레 나를 다독였다.

☾

천계에 온 나는 스스로 목숨을 끊은 중죄인으로 분류되어 알 수 없는 곳으로 향했다. 온통 새하얀 세상. 시간도 장소도 가늠할 수 없는 채로 하염없이 걷고 또 걸었다. 배가 고프지도, 힘이 들지도 않았다. 다만 걸을수록 기억이 점점 사라지는 게 느껴졌다. 얼마나 걸었는지 이제 내 이름도 머리에서 지워졌다. 나는 누구지? 그나마 머릿속에 남은 거라고는 시커먼 차림의 한 남자. 희안하게도 그가 따뜻하게 날 안아 주었던 장면은 흐릿해질지언정 사라지지는 않았다. 그 남자가 누구인지는 모르겠지만.

"송서은?"

기척도 없이 불쑥 눈앞에 나타난 백발의 할머니가 나를 향해 그 이름을 외쳤다. 내 이름이 송서은인가?

"네가 이곳에 온 지도 어느덧 시간이 꽤 흘렀구나."

그런가?

"이제 좀 있으면 천계에 환생일이 돌아온다."

환생일이라고? 그게 뭐지?

"천계의 죽은 영혼들이 환생을 할 수 있는 날이지."

내 속마음을 읽은 듯 할머니가 답했다.

"본래 스스로 목숨을 끊은 이는 환생을 할 수 없어. 하지만 아주 가끔 신이 가엾이 여겨 그리하게 해 줄 때도 있단다."

할머니는 잠시 말을 멈추고 내 얼굴을 빤히 쳐다보았다.

"선택은 스스로의 몫이지. 나는 너에게 기회를 주고 싶은데 넌 어떻게 하겠느냐?"

나는 선뜻 대답할 수 없었다.

"환생하면 다시 삶을 살 수 있어. 하지만 이전 생보다 행복할 거라고 확신할 순 없지. 어쩌면 더 괴로울 수도 있고."

결과를 알 수 없다면 모험이나 마찬가지인 거 아닌가?

"너의 대답을 기다리마. 마음을 정하면 그때 알려 주렴."

할머니는 그렇게 말한 뒤 처음 나타났을 때처럼 순식간에 자취를 감추었다.

환생이라…. 나는 다시 그 새하얀 세상을 걸으며 생각에 잠겼다. 이미 스스로 목숨을 끊었는데 또다시 삶을 선택하는 게 맞을까? 이전 생보다 더 괴롭고 힘든 삶이면 어떡하지? 그나저나 나는 왜 스스로 목숨을 끊은 걸까? 기억이 사라져 그 이유를 알 수 없지만, 불행했기에 그런 선택을 했을 것이 분명했다. 만약 다음 생에도 행복하지 않다면 나는 또 스스로 목숨을 끊을까? 역시 환생은 하지 않는 게 좋으려나…. 그런 생각을 하며 걷고 있자니 왠지 모르게 마음이 저려 왔다.

나는 발걸음을 멈추고 뭔지 모를 그 감정에 집중했다. 시커먼 페도라에 잘생긴 얼굴, 그윽한 눈빛의 그가 떠올랐다. 보고 싶다. 어떤 식으로든 그를 다시 만나고 싶다. 심장이 쿵쿵 뛰었다. 잊고 있던 감각이 되살아나며 살고 싶다는 욕망이 몰려왔다. 나도 행복해지고 싶다.

에필로그 1

끝나지 않은 이야기

"작가님은 전생이나 환생 같은 걸 믿으시나요?"

"아니요. 저는 그런 거 믿지 않아요. 인생은 그저 내가 살아가고 있는 지금이 전부라고 생각해요."

TV 화면 속 젊은 여자가 여유로운 미소를 머금은 채 당차게 대답했다.

"아, 그래요? 저는 작가님처럼 그림으로 사람들을 위로하는 분이라면, 그런 걸 조금은 믿지 않을까 했는데. 의외네요."

인터뷰 진행자가 말했다.

"운명도 마찬가지예요. 사람들이 첫눈에 반했다, 한눈에 알아봤다, 이런 말을 자주 하잖아요. 근데 저는 그런 걸 한 번도 느껴 본 적이 없어서 그런지 잘 모르겠더라고요."

"아직 그런 인연을 못 만나신 걸 수도 있죠."

"그럴까요?"

젊은 여자와 인터뷰 진행자가 동시에 웃음을 터트리고 있을 때 작업실 문이 벌컥 열렸다.

"작가님."

직원 하나가 나를 불렀다.

"응."

나는 급히 리모컨을 눌러 TV를 끄고 민망한 얼굴로 그를 바라보았다.

"또 그거 보신 거죠? 지난번 인터뷰 영상."

"그냥 뭐…."

힐끗 내 표정을 살피던 직원이 짓궂게 웃었다.

"할 얘기 있으면 하라구."

무안해진 나는 괜히 퉁명스럽게 말했다.

"클라이언트 미팅 잊지 않으셨죠, 서별 작가님?"

"이제 가려던 참이야."

서둘러 가방을 챙기고 태블릿이 든 파우치까지 어깨에 메고서 작업실을 빠져나왔다. 엘리베이터 앞에 서 있는데 사무실 안에서 직원이 내가 들리도록 큰 소리로 물었다.

"미팅 끝나면 바로 퇴근이시죠?"

"어!"

1층에 도착한 나는 로비에 있는 회전문을 통해 건물 밖으로 나왔다. 차를 세워 둔 야외 주차장까지는 거리가 얼마 되지 않았다. 막 발걸음을 옮기려는데 난데없이 축구공 하나가 내 앞으로 굴러왔다. 웬 공이지….

"아줌마!"

멍하니 공을 쳐다보고 있던 나는 아줌마라는 소리에 고개를 들었다. 지금 나를 아줌마라고 부른 건가?

"그 공 제 거예요."

초등학생쯤 되어 보이는 남자아이가 이쪽으로 달려오고 있었다.

"저기, 나 아줌마 아니거든?"

아이에게 공을 주워 주며 슬며시 한마디 했다.

"네?"

"결혼도 안 한 스물여덟인데, 아줌마는 좀 아니지 않니?"

"나랑 나이 차이 많이 나면 아줌마지 뭐."

"뭐?"

지지 않고 중얼대는 아이의 말에 나는 말문이 막혔다.

"근데 아줌마, 삶의 끝이 뭔지 알아요?"

나 아줌마 아니라니까?

"삶의 끝? 그야 죽음이지."

별생각 없이 즉각적으로 대답이 튀어 나갔다.

"땡!"

아이가 개구지게 웃으며 큰 소리로 외쳤다.

"새로운 삶!"

"죽으면 끝이지 새로운 삶이 어디 있어? 그리고 설령 있다 해도 전생은 기억도 못 하잖아."

왜 이렇게 어린아이에게 조목조목 반박을 하고 있는 건지 모르겠지만, 왠지 이 아이에게만큼은 지기 싫었다.

"그래도 알걸요?"

"뭐라고?"

굴하지 않는 태도 때문일까.

"무의식은 다 알아요. 전생도, 내가 원하는 삶도."

나는 멍하니 아이를 바라보았다. 아이는 해맑게 웃으며 깡충깡충 뛰더니 금세 저 멀리로 사라졌다. 뭐지, 저 아이는? 그러고 보니 축구할 곳도 없는 빌딩숲에서 혼자 축구공을 차고 있었네.

미팅을 마치고 오랜만에 한강으로 향했다. 차를 세우고 밖으로 나가자 따스한 봄바람이 기분 좋게 얼굴을 스쳤다. 해 질 무렵의 고즈넉한 풍경에 푹 빠져 있는데, 한 남자가 그 풍경 안으로 걸어 들어왔다. 큰 키에 잘생긴 얼굴. 그를 본 순간 마음속에서 아릿한 감정이 일렁였다. 처음 보는 남자인데 왠지 그리운 기분.

나는 그에게서 시선을 뗄 수 없었다. 내 앞을 지나쳐 멀어지는 그를 눈으로 따라가고 있는데 놀랍게도 그가 나를 돌아보았다.

서로의 눈이 마주치자 알 수 없는 무언가가 마음을 사로잡았다. 혹시 그도 나와 같은 마음일까? 왠지 이 만남이 처음도, 끝도 아닐지 모른다는 생각이 들었다. 물론, 나는 운명 같은 건 믿지 않지만.

에필로그 2

업보

"여보세요? 어, 나 지금 백화점이야."

별로 달갑지 않은 친구에게서 전화가 걸려 왔다.

"그냥 오랜만에 기분 전환도 할 겸 나왔어."

나는 한 손에 전화기를 든 채 백화점 안을 성큼성큼 걸어 나갔다.

"저기 심연 그룹 사모님 아니야?"

"와, 대박."

"비서도 따라다니는 거 보니까 맞는 것 같아."

"근데 듣자 하니 쇼원도 부부래."

"진짜? 어머 세상에…."

방금 지나온 뒤쪽에서 사람들이 숙덕이는 소리가 들려왔다. 짜증이 밀려와 고개를 홱 돌리고 노려보자, 사람들이 일제히 화들짝 놀라며 시선을 피했다. 앞에서는 감히 눈도 못 마주치는 것들이 왜 저리 입이 가벼운지. 나는 다시 전화기를 귀에 갖다 댔다.

"그나저나 네 딸 유산했다며."

"그 애긴 또 어디서 들었어?"

속에서 다시금 화가 치밀었다.

"됐어, 끊어. 지금 통화할 기분 아니야."

나는 신경질적으로 전화를 끊고 거칠게 발걸음을 옮겼다. 그때 어디선가 툭, 무언가 떨어지는 소리가 났다.

"최 비서! 방금 뭐 떨어진 것 같아. 찾아봐."

"예, 사모님."

뒤에서 따라오고 있던 비서에게 지시하고 고개를 돌리자, 내 앞에서 한 젊은 여자가 무언가를 줍고 있었다. 여자가 천천히 몸을 일으켜 나를 바라본 순간 심장이 멎는 줄 알았다.

"송서은?"

무심결에 그 이름이 내 입에서 흘러나왔다.

"네?"

그녀는 어리둥절한 얼굴로 나를 바라보았다.

"브로치요. 떨어뜨리셨어요."

그녀의 손에는 내 가슴에 달려 있던 브로치가 들려 있었다.

"아…."

그렇지. 송서은은 오래전에 죽었다. 그 애일 리 없다. 하지만 방금 본 눈빛은 송서은이 가난에 찌들어 있던 시절의 그 독한 눈빛과 너무나 닮았다.

"혹시 이름이 뭐예요?"

"서별이요."

이름도 다르다. 그래, 그 애가 아니야. 그녀는 조용히 고개를 숙여 인사하고는 자리를 떠났다. 하지만 내 심장은 여전히 두근거렸다. 왜 지금에 와서 그 아이가 떠오르는 걸까.

"사모님, 괜찮으십니까?"

"재수 없어, 진짜."

"네?"

"아니야, 차 대기시켜. 집에 가서 좀 쉬어야겠어."

"예, 알겠습니다."

백화점 밖으로 나와 천천히 걸으며 차를 기다렸다. 이상하게도 서별이라는 그 여자가 브로치를 건네고 사라진 뒤부터 머리가 지끈거렸다.

바람을 쐬면 나아질까 싶어 조금 더 걸었다. 간간이 부는 바람이 옷깃을 스쳤고, 햇살은 눈부시게 밝았다. 그런데 그 맑은 오후 속에 뭔가 불길한 기운이 감돌았다. 일순간 퍽 하는 충격음과 함께 내 몸이 허공으로 솟구쳤다. 미처 피할 새도 없이 차량 한 대가 나에게 달려든 것이다. 창백한 하늘,

멀어지는 땅, 그리고 갑자기 떠오른 기억.

 '너와 내가 마주 보는 건 이번이 마지막일 거야. 하지만 서은아, 난 가끔 네가 보고 싶을 것 같아. 그 지지 않는 눈빛 말이야. 가진 건 쥐뿔도 없으면서 절대 꺾이지 않는 네 눈빛.'

에필로그 3

친애하는 당신께

"숨이 안 쉬어져?"

내가 묻자 길바닥에 주저앉아 있던 젊은 여자가 천천히 고개를 들고 나를 바라보았다.

"너는… 누구야, 꼬마야?"

눈가에 눈물이 맺힌 여자가 나에게 물었다.

"천천히 숨을 들이쉬고, 길게 내쉬어 봐. 몇 번만 반복하면 마음이 가라앉을 거야."

그녀는 내가 말한 대로 숨을 들이쉬고 내쉬었다.

"후…."

얼마쯤 지났을까. 그녀의 호흡이 제법 안정되었다.

"고마워, 꼬마야."

"별말씀을요."

내가 입꼬리를 올리며 웃자 그녀도 나를 따라 웃음을 터뜨렸다.

"이제 웃음도 나오네?"

"네 덕분에."

"그래, 그렇게 웃어. 웃다 보면 다 지나가."

그녀의 눈에 다시금 눈물이 차올랐다.

"힘들지? 처음엔 누구나 다 그래. 처음이라 흔들리고, 처음이라 서툴고…."

그녀는 나를 가만히 바라보다가 고개를 갸웃했다.

"진짜 말하는 게 애늙은이 같다. 너 몇 살이야?"

"음… 5000살?"

그녀는 터져 나오는 웃음을 참지 못하고 울다가 크게 웃었다.

"5000살? 그게 말이 돼?"

"사람이 생을 여러 번 돌다 보면 5000년은 살 수 있지 않을까?"

"그래서 그렇게 어른스러운 거야? 5000년이나 살아서?"

나는 고개를 끄덕였다.

"사는 게 참 힘들다."

하늘을 올려다보며 그녀가 푸념처럼 말했다.

"뭘 해도 미움받기는 쉬운데, 사랑받기란 쉽지가 않더라."

"원래 그래. 모든 사람을 만족시키기는 어려우니까."

"그럼 어떻게 해야 해?"

젊은 여자는 진심으로 묻는 눈빛이었다.

"눈치 보지 마."

"눈치 안 보고 어떻게 사회생활을 해?"

"그럼 딱 필요한 만큼만 봐."

"그 '필요한 만큼'이 얼만지 어떻게 알아?"

나는 잠시 생각을 해 보았다.

"일단 많이 눈치 보고, 많이 흔들려 봐. 그러다 보면 깨닫게 돼. 결국 그렇게까지 눈치 보거나 흔들릴 필요는 없었구나 하고."

그녀는 조용히 고개를 끄덕였다.

"너도 그런 적 있지? 좋았던 사람이 미워지고, 싫었던 사람이랑 가까워지고…."

"응, 많았던 것 같아."

"그러니까 그냥 네 뜻대로 해. 네가 옳다고 생각하는 대로. 결국 사람들 마음은 시시각각 변하니까."

그녀는 다시 고개를 끄덕였다.

"세상에 정답은 없어. 네 자신을 믿고 따르는 거야. 흔들려도 돼. 치여도 돼. 그래도 괜찮아. 너는 그냥 너니까."

"쪼끄만 게 제법이네? 축구공 들고 있는 게 영락없는 초등학생인데."

나는 그녀에게 생글 웃어 보였다.

"좋은 노래, 좋은 드라마, 좋은 책에서 위로받을 때 있지?"

"응."

"그것들도 결국 다 사람이 만든 거잖아. 사람에게 상처받고, 또 사람에게 위로받고. 세상엔 너를 알아줄 누군가가 반드시 있어."

그녀는 환하게 웃었다. 처음보다 훨씬 편안해 보이는 미소였다.

"너는 소중해. 잊지 마."

"고마워."

씩 웃고 돌아선 나는 손에 든 축구공을 통통 튀기며 그 자리를 떠났다.

신은 언제나 인간 곁에 머문다. 어떤 존재로든, 어떤 이름으로든. 인간을 지켜보면서 때로는 돕고, 때로는 벌을 내리며. 그리고 나는 오늘도 누군가의 '지금'에 머문다. 그대들은 잘 살고 있는가? 언젠가, 어디에선가 그대들의 한 순간에 머물다 가겠네. 그러니 너무 자만하지도, 너무 슬퍼하지도 마시게.

네버엔딩 라이프

초판 1쇄 인쇄 2025년 11월 11일
초판 1쇄 발행 2025년 11월 17일

지은이	정하린
총괄	김명래
책임편집	김명래
디자인	리북
책임마케팅	최혜령, 박지수, 도우리, 양지환
마케팅	콘텐츠IP 사업본부
해외사업	한승빈, 박고은
경영지원	백선희, 권영환, 이기경, 최민선
제작	제이오
교정교열	김정현
펴낸이	서현동
펴낸곳	㈜오팬하우스
출판등록	2024년 5월 16일 제2024-000141호
주소	서울특별시 강남구 테헤란로 419, 11층 (삼성동, 강남파이낸스플라자)
이메일	info@ofh.co.kr

ⓒ정하린 2025
ISBN 979-11-7577-036-2 (03810)

한끼는 ㈜오팬하우스의 출판브랜드입니다.

- 이 책은 저작권법에 따라 보호받는 저작물이므로 무단전재와 무단복제를 금지하며, 이 책 내용의 전부 또는 일부를 이용하려면 반드시 저작권자와 ㈜오팬하우스의 서면동의를 받아야 합니다.
- 책값은 뒤표지에 표시되어 있습니다.
- 잘못된 책은 구입하신 서점에서 바꿔드립니다.